www.tredition.de

AF185166

Zwischen Trümmern – und hinein ins volle Leben

Gerhard Jakubowski

Zwischen Trümmern –
und hinein ins volle Leben

Kindheit und Jugend in der Nachkriegszeit

www.tredition.de

© 2013 Gerhard Jakubowski

Umschlaggestaltung: Angela Herold,
                       www.herolddesign.de

Korrektorat, Layout: Jörg Querner,
                       www.anti-fehlerteufel.de

Verlag: tredition GmbH, Hamburg
ISBN: 978-3-8495-0271-3
Printed in Germany

Der Bombenangriff am 10. Mai 1940 traf die Stadt Freiburg völlig unvorbereitet und war einem Irrtum zu verdanken.

Die drei beteiligten Flugzeuge der deutschen achten Staffel des Kampfgeschwaders 51 sollten die französische Stadt Dijon oder das Ausweichziel Dole-Tavaux bombardieren. Durch Navigationsfehler verloren die Piloten allerdings die Orientierung. Sie hielten Freiburg im Schwarzwald, nahe der französischen und Schweizer Grenze gelegen, für eine französische Stadt, vermutlich Colmar. Um 15.59 Uhr warfen sie insgesamt 69 Bomben auf die Stadt ab.

Dessen nicht genug. Da die Freiburger Flugwache im Hildaturm auf dem Lorettoberg die Flugzeuge als deutsche identifizierte, wurde erst nach Beginn des Angriffs Fliegeralarm ausgelöst.

Ein Erpel (Gänserich) im heutigen Stadtgarten soll die Bevölkerung durch lautes Geschrei vor dem Angriff gewarnt haben. Das jedenfalls hörte ich als Kind über viele Jahre. Ihm wurde ein Denkmal gesetzt, das bis heute im Stadtgarten daran erinnert. So konnte sich ein Teil der Menschen, die am Schlossberg wohnten, in den dort gelegenen Luftschutzbunker flüchten.

Die Stadt war eigentlich uninteressant für eine Zerstörung. Eine Beamten- und bekannte Universitätsstadt ohne wesentliche Industrie, in der fruchtbaren rheinischen Tiefebene gelegen, zwischen Weinbergen und kleinen Dörfern im Markgräflerland und dem Kaiserstuhl, am Fuß des Schwarzwaldes. Eine fast behäbige Stadt, obgleich als Großstadt tituliert, mit 120.000 Einwohnern.

Wir wohnten in der Innenstadt, unweit des Freiburger Stadttheaters, in der Nähe der Albert Ludwig-Universität, die damals schon einen hervorragenden Ruf besaß.

Die deutsche Führung versuchte offensichtlich, den Irrtum zu vertuschen. So wurde in der UFA Tonwoche von einem brutalen und skrupellosen Angriff auf eine unbefestigte deutsche Stadt berichtet. Und Hitler beschuldigte kaltblütig den britischen Premierminister Winston Churchill, mit der Bombardierung Freiburgs die Terrorangriffe gegen die Zivilbevölkerung begonnen zu haben. Ein bisher ungeschriebenes Gesetz, Zivilisten nicht anzugreifen, war damit gebrochen worden. Der Zweite Weltkrieg tobte.

Er hatte mit dem Angriff auf Polen 1939 und ebenfalls einer Lüge begonnen. Die Deutschen waren auf der Siegesstraße. Niemand konnte ahnen, welch verheerende Folgen dieser Krieg nach sich ziehen sollte. Deutschland wurde in Schutt und Asche gelegt.

Ich wurde am 8. März 1941 in Freiburg geboren. Noch war Winter. Es lag tiefer Schnee. Freiburg hatte sich von diesem Luftangriff nicht erholt.

Abends wurden, wie in anderen Städten auch, die Straßenlaternen gelöscht. Die Bevölkerung hatte die Order, die Fenster so zu verhängen, dass kein Licht nach außen drang, um den Flugzeugen die Orientierung zu erschweren, wenn nicht gar unmöglich zu machen. Verdunklung nannte sich das.

Am 8. März 1942 starb mein Vater. An meinem ersten Geburtstag.

Er war am Vorabend nicht nach Hause gekommen. Meine Mutter hatte die ganze Nacht kein Auge zugetan. Sie lebte in tausend Ängsten, suchte mehrfach die Strecke von unserer Wohnung zur Wohnung ihrer Eltern nach ihm ab; dorthin hatte mein Vater gehen wollen. Vergebens. Er war nicht angekommen.

Mutter erfuhr erst am Morgen des 8. März von einer Angestellten des gegenüberliegenden Restaurants, die persönlich vorbei kam, dass mein Vater am Abend zuvor verunglückt war und im Universitätskrankenhaus lag. Telefon in Privathaushalten war damals so gut wie unbekannt, weshalb sich das Krankenhaus im Restaurant gemeldet hatte. Es wurde versäumt, Mutter umgehend am Abend des 7. März zu informieren.

Zu Fuß machte sie sich auf den Weg. Als sie im Krankenhaus ankam, war Vater bereits tot. Doppelten Beckenbasisbruch gaben die Ärzte als Todesursache an. Gesagt wurde auch, dass Mutter gewissermaßen froh sein könne, weil er Zeit seines Lebens ein Krüppel geblieben wäre.

Außerdem erfuhr sie, dass Theaterbesucher meinen Vater schwerverletzt vor dem Theater liegend gefunden hatten. Er war auf der glatten Straße ausgerutscht, gestürzt und von einem Lastwagen überfahren worden. Der Fahrer war geflüchtet. Er wurde nie gefunden.

Der Rückweg war unerträglich. Zu Tode betrübt muss Mutter zuhause angekommen sein. Am ersten Geburtstag ihres Söhnchens Gerhard war ihr geliebter Mann Albert gestorben.

Der Mann, mit dem sie sich sehnlich ein Kind gewünscht hatte.

Seit zwei Jahren waren sie verheiratet gewesen. Der Mann, der die Geburt seines Sohnes mit 46 Jahren erlebte und 15 Jahre älter als seine Frau bereits Pensionär war. Er hatte den Ruhestand beantragt, weil er mit der Politik Adolf Hitlers nicht einverstanden war. Aufgrund seines Namens Jakubowski hatte er den Nachweis arischer Abstammung erbringen müssen und dadurch ein leichteres Spiel, aus dem Staatsdienst vorzeitig auszuscheiden.

Ein Segen für mich. So konnte ich beide Elternteile erleben, bis er starb. Bis heute bin ich davon überzeugt, dass diese glücklichen Eltern das Fundament für Selbstbewusstsein und Selbstvertrauen in mir gelegt haben.

Das änderte allerdings nichts an dem Entsetzen, das mich ergriffen haben musste. Zumal Mutter in tiefer Trauer versank. Ihre Eltern sorgten sich, dass sie sich das Leben nehmen könnte, und schickten ihre bei ihnen aufwachsende Enkelin, meine 13-jährige Cousine Marta, in den Haushalt. Sie sollte sich nach der Schule täglich um mich und meine Mutter kümmern.

Jahrzehnte später, mit etwa 40 Jahren, habe ich den Tod meines Vaters in einer Psychodrama-Szene „nacherlebt": Die Situation eines Kleinkindes, das plötzlich spürt und damit leben muss, dass eine Liebe nicht mehr da ist; weg, verschwunden, vorbei.

Ein Kind kann ja den Tod nicht „denken". Es erlebt, wie sich nach kurzer Zeit ein tiefer Schmerz einstellt. Die Sehnsucht wird nicht mehr gestillt, es wird nicht mehr auf den Arm genommen, besungen und getröstet, geschaukelt und beschmust, liebevoll angeblickt. Es hört keine Melodie mehr, gesungen von Mutter oder Vater – oder beiden. Alles fehlt.

Stattdessen herrscht grauenvolle Stille. Die Mutter hat ihr freundliches Wesen verloren, ihr Verhalten verändert, ihre Zuneigung sozusagen gedrosselt, ist abgetaucht in tiefe Trauer und Melancholie.

40 Jahre später, als erwachsener Mann, aber wieder in die Zeit von damals zurückversetzt, brüllt er sein Leid und seine Wut hinaus in die Welt. Gleichzeitig stellt sich Befreiung ein. Ein tiefes Aufatmen.

Auslöser für dieses Buch ist die Lektüre eines anderen: „Die vergessene Generation – Kriegskinder brechen ihr Schweigen" von Sabine Bode. Als ich es vor wenigen Tagen las, flossen die Tränen. Erinnerungen kamen hoch.

Erinnerungen an Szenen und Situationen, die ich wohl erlebt haben muss, von denen ich auch bis vor wenigen Jahren träumte, die offensichtlich tief in meinem Inneren schlummern und hin und wieder ein Ventil zum Öffnen brauchen, so wie die Lektüre dieses Buches.

Immer noch läuft es mir kalt über den Rücken, wenn ich in Fernseh-Dokumentationen das tiefe Brummen anfliegender Flugzeuge höre, sehe, wie sie in Geschwadern ihre Bomben fallen lassen.

Ein Traum hat mich jahrelang in regelmäßigen Abständen verfolgt: Ich stehe mit meiner Mutter in unserer Straße. Häuser brennen lichterloh. Aus einem Haus taumelt ein Mann heraus. Stumm, wie eine brennende Fackel, läuft er torkelnd auf mich zu und bricht zusammen, rührt sich nicht mehr. Starr vor Schreck sehe ich dieses Bild, wie er kurz vor mir zusammensackt.

Ein anderes Bild: Die Sirenen heulen – die unheimliche Ankündigung eines Fliegeralarms. Wir sitzen oben in unserer kleinen Wohnküche bei Kartoffelsalat mit Würstchen. „Wir" waren wohl meine Mutter, meine Cousine und ich. Meine Mutter schnappt mich unter den Arm und rennt fluchtartig die Treppen hinab zum Keller. Cousine Marta hinter uns her.

Dann sitzen wir im dunklen Keller; mehrere Menschen. Das Ehepaar Amann ist dabei, alte Leute, die sich später das Leben genommen haben durch das Einatmen von ausströmendem Gas in ihrer Küche. Wir hören die dunkel brummenden Flugzeuge über uns, dann Explosionen.

Vollkommen still sitzen wir, ich auf Mutters Schoß.

Erneutes Heulen der Sirenen. Entwarnung! Wir atmen auf und gehen erleichtert nach oben.

Das alles muss sich ereignet haben vor unserer Evakuierung. Die Freiburger Innenstadt war weitgehend zerstört. Auch in der Moltkestraße, wo wir wohnten, lagen Häuser in Schutt und Asche, trotz aller Löschversuche.

Später hörte ich, dass der Weinhändler Hinterhofer mangels Wasser versucht hatte, mit Wein zu löschen. Erfolglos!

Wir wurden auf die Baar evakuiert, eine Hochebene hinter dem Schwarzwald, einquartiert in dem kleinen Ort Blumberg. Ich weiß weder aus späteren Erzählungen noch aus der Erinnerung, wann und auf welche Art und Weise wir dort hingekommen waren – vermutlich 1944 – und wo wir wohnten, wie lange wir dort aushalten mussten.

Gut erinnern kann ich mich dagegen an den Rückweg zu Fuß, über viele Tage, von den Schwarzwaldhöhen nach Freiburg. Auch daran, dass ich in Blumberg in einer großen Halle, wohl die Turnhalle einer Schule, in einem Feldbett liege. Sie ist überfüllt, ein ständiges Kommen und Gehen. Undeutlich nehme ich die große Unruhe und viele Menschen wahr, zwischen ihnen Ärzte und Krankenschwestern.

Mein Hals ist eng, die Luft bleibt weg, meine Mutter und Marta, die Cousine, sind bei mir. Ein Arzt kommt an mein Bett und gibt mir eine Spritze. Danach geht es mir besser, ich werde wieder gesund.

Später hörte ich, dass viele Kinder an Diphtherie erkrankt waren und starben.

Der Krieg hatte sich inzwischen über ganz Europa ausgebreitet. Siege waren in Niederlagen untergegangen, die Alliierten an allen Fronten auf dem Vormarsch. Die Schlacht um Stalingrad 1943 hatte die Wende eingeleitet. Millionen Menschen befanden sich auf der Flucht.

Aus dem Endsieg und dem viel beschworenen Tausendjährigen Reich würde nichts mehr werden. Das war den Flüchtlingen, ja, der ganzen Bevölkerung – bis auf ein paar Fanatikern, die krampfhaft und unbeirrt immer noch an dieser Vision festhielten – klar geworden. Bitter und eine Schmach für viele. Für Deutschland und die Welt aber ein Segen und – nach kurzer Zeit – der Start zum Wiederaufbau und zur Demokratie.

Endlich, am 9. Mai 1945, war dieser Zweite Weltkrieg vorbei und wir zu Fuß auf dem Weg nach Freiburg. Ich ging, abwechselnd von meiner Mutter und meiner Cousine an die Hand genommen, neben dem Kinderwagen her, mit einem Brett darauf als Sitzplatz für mich.

In dem Gefährt lag meine kleine Schwester Ursula, ein Säugling, während der Evakuierung geboren, vermute ich. Gezeugt von Karl, einem Offizier, der das Weite suchte, als er von Mutter vernommen hatte, dass sie schwanger war. Die Flucht aus der Vaterschaft war damals eine leichte Sache. Er musste wieder an die Front und war nicht mehr gesehen.

Der Weg vom Schwarzwald hinunter nach Freiburg glich einer Heerstraße. Tausende von Menschen bewegten sich zu Fuß, auf Fuhrwerken, einige in Autos, hauptsächlich auf offenen Lastwagen. Es wird wohl ein Treck von Menschen gewesen sein, die nach dem Kriegsende ihre Rückkehr selbst in die Hand nahmen. Mühsam, Kilometer um Kilometer, gingen wir Freiburg entgegen.

Unausgesetzt ratterten schwarze Gesichter mit weißen Turbanen auf Motorrädern an uns vorbei, freundlich lachend, wenn sie Kinder sahen. Es waren Marokkaner oder Algerier aus den französischen Kolonien, erfuhr ich später, jetzt als französische Besatzungssoldaten im Einsatz. Die Frauen hatten Angst, aber alles ging gut. Es war wie ein Wunder.

Ich weiß weder, wie viele Tage wir gingen, noch, wo wir übernachteten, bis wir Freiburg erreichten. An den Weg durch die Stadt erinnere ich mich. Ruinen, zerstörte Häuser und Trümmer, wohin wir blickten. Freiburgs Innenstadt war weitgehend ausgelöscht. Das Freiburger Münster, die Kathedrale war seltsamerweise von den Bomben verschont geblieben.

Schließlich kamen wir zur Moltkestraße, der Straße, in der wir lebten, unweit des ebenfalls zerstörten Stadttheaters. Die Treppe hinauf, zu unserer Wohnung – und hinein.

Hell war es, sehr hell. Die Erwachsenen hoben den Blick; der Himmel über uns. Wir wohnten im vierten Stock, im Dachgeschoss. Das Dach war aufgerissen, auf dem Fußboden der Küche Mörtel, Gips, Steine und Staub.

Ich weiß nicht, wer die Küchendecke reparierte und das Dach deckte. Jedenfalls nahm ich die Freude von Mutter und Cousine wahr, dass wir es geschafft hatten, wieder zuhause zu sein; in unserer kleinen Wohnung mit Dachgauben, einer Wohnküche mit großem Fenster und Blick in den Hinterhof, mit Aussicht auf eine Metzgerei und dort manchmal hängende Schweinehälften. Und mit einem weiteren kleinen Raum, dem Schlafzimmer für meine Eltern (als mein Vater noch lebte) und für mich.

Die Ankunft ist mir in Erinnerung geblieben. Die unmittelbare Zeit danach nicht.

Bei dieser Niederschrift wird mir deutlich, wie wenig ich weiß, dass ich mich weitgehend auf Fragmente stützen muss. Vieles wurde damals offensichtlich tabuisiert. „Wir Kinder" sollten nicht erfahren, was sich alles zutrug. Diese Haltung erlebte ich oft während Kindheit und Jugend. Wann immer ein kritisches Thema aufkam, wurden die Erwachsenen wortkarg und hielten ihren Mund, die Stimmung wurde eigenartig. Das spürten wir Kinder, konnten daran aber nichts ändern.

Eines Tages klingelte es.

Ich muss etwa acht Jahre alt gewesen sein, Mutter hatte wieder geheiratet. Gerhard, einen 25-jährigen, sehr ernsten jungen Mann, für mich „der richtige Vater". Mutter war inzwischen 36 Jahre alt. Immer noch lebten wir in unserer kleinen Wohnung, die allerdings durch ein kleines Zimmer auf dem großen Flur erweitert worden war. Eine Anweisung durch das städtische Wohnungsamt.

Zwei Menschen kamen die Treppe hoch, ein alter, hinkender Mann mit einer Frau. Der leibliche Vater meiner Schwester, wie sich herausstellte. Seit langer Zeit lebte er mit dieser Frau zusammen und hatte die Stirn, uns mit ihr zu besuchen.

Eine seltsame Szene bot sich mir, die ich bis heute vor Augen habe, auch die Stimmung ist mir noch gegenwärtig. Wir hatten keine Ahnung von ihrem Besuch und waren völlig überrascht. Mein „neuer" Vater stand neben Mutter, ich ebenfalls. Wo sich meine kleine Schwester aufhielt, ist mir entfallen. Jedenfalls war sie nicht dabei. Meine Mutter war laut eigener Erzählung auch noch zu diesem Zeitpunkt völlig ahnungslos, dass der ehemalige Offizier Karl verheiratet war.

Mutter und Vater baten die beiden nicht herein. Das Gespräch war kurz und eisig und nach wenigen Minuten beendet.

Ursula lernte ihren Vater erst etliche Jahre später kennen. Lange nach diesem Besuch bat Karl darum, seine Tochter kennenlernen zu dürfen. Sie war längst von unserem Vater adoptiert worden und trug seinen Namen, hatte nicht die leiseste Ahnung, dass sie das Kind eines anderen Mannes war.

Dieser Wunsch führte zu heller Aufregung. Meine Eltern wollten Ursula ihren leiblichen Vater als bisher unbekannten Onkel präsentieren. Welche Hintergrundgeschichte sie zusammenbastelten, erfuhr ich nicht, wohl aber, dass Mutter gemeinsam mit Ursula Karl am Titisee im Schwarzwald treffen wollte.

Mir war als Einzigem unter uns drei Geschwistern die Existenz des anderen Vaters bekannt. Die Alimente wurden auf ein Sparbuch überwiesen, das ich in meinem von Vater gezimmerten Schreibtisch mit abschließbarer Schublade aufbewahren musste. Eine starke Belastung für mich über viele Jahre, denn ich musste das Geheimnis für mich bewahren. Gleichzeitig verspürte ich auch Stolz darüber, dass ich eingeweiht war. Eine sehr zwiespältige Angelegenheit.

Das Treffen am Titisee muss bei mir den Ausschlag gegeben haben, Mutter und Vater eindringlich zu bitten, meiner Schwester endlich die Wahrheit zu sagen, ansonsten würde ich es tun. Ich hielt diese Geheimniskrämerei einfach nicht mehr aus.

Soweit ich mich erinnere, erfuhr Ursula mit sechzehn Jahren die Wahrheit. Meine Schwester hat nie darüber gesprochen, welche Gefühle diese Tatsache bei ihr ausgelöst hat, wie sie damit umgegangen ist.

Die Menschen begannen mit dem Wiederaufbau. Der Grundgedanke: Es kann nur bergauf gehen, schlimmer kann es nicht mehr werden. Sie sprachen sich gegenseitig Mut zu, packten an, schufteten wie die Pferde. Langsam wurden die Trümmerberge in der Innenstadt beseitigt. Der Krieg hatte unendlich viel zerstört. Häuser ragten mit ihren kahlen, oft rußgeschwärzten Mauern in die Luft.

Das heutige Thema Recycling am Bau, das langsam in das Bewusstsein der Öffentlichkeit dringt, war damals gang und gäbe, wurde so allerdings nicht genannt. Alles, was wieder verwendet und verwertet werden konnte, wurde gebraucht. Backsteine aus Mauerwerk wurden gesäubert, gestapelt und abtransportiert. Beim Wiederaufbau der Häuser wurden sie wieder verwendet. Überall in den Trümmern wimmelte es von Menschen, die damit beschäftigt waren und sich ihr erstes Geld nach dem Krieg verdienten.

Jeden Tag hatte ich auf meinem Schulweg diese Bilder vor Augen. Auch unheimlich anmutende, freigelegte Häuserfundamente. Wie schöne, unzerstörte Straßen aussahen, konnte ich mir kaum vorstellen.

Schön allerdings waren die wilden Blumen, die vom Frühling bis in den Herbst in den Ruinen wuchsen. Herrliche Farbtupfer in der sie umgebenden Trostlosigkeit. Und sie waren billige Möglichkeiten für Blumensträuße zum Verschenken. Öfter pflückte ich kleine Sträuße und schenkte sie Mutter.

Kaum ein Auto war auf den Straßen zu sehen. Straßenbahngleise mussten repariert werden. Zu essen gab es wenig. Armut war überall präsent. Wohnungen waren Mangelware. Die Frauen waren diejenigen, die unablässig und hart arbeiten mussten, denn viele Männer waren tot oder noch in Gefangenschaft, häufig auch vermisst. Keiner wusste, wo sie geblieben waren.

Das Rote Kreuz baute seinen Suchdienst auf. Es war grauenvoll. An Hauswänden, Litfaßsäulen, überall hingen großflächige Plakate und unzählige Notizzettel mit Suchmeldungen. Hunderte von Gesichtern der Vermissten schauten einen an. Im Radio, den sogenannten Volksempfängern des Dritten Reiches, wurden ständig Suchmeldungen durchgegeben in der Hoffnung, die Vermissten zu finden. Und viele wurden tatsächlich gefunden. Millionen dagegen blieben verschollen.

Die Kirche hatte ebenfalls alle Hände voll zu tun. Sie unterstützte die allein erziehenden Mütter durch die Eröffnung von Kindergärten und Betreuung der Kinder. So bot meine Pfarrei St. Martin einen katholischen Kindergarten in einem ihr gehörenden Altbau an. Tante Dorle, die Kindergärtnerin, und jeden Morgen herrlich warmer Kakao sind mir in Erinnerung geblieben. Tante Dorle habe ich noch nachgetrauert, als ich bereits die erste Klasse der Volksschule besuchte.

Wir Jungen waren im ehemaligen katholischen Mädchen-Gymnasium St. Ursula untergebracht. Es diente als Zwischenstation zu einer späteren Lösung. Mädchen und Jungen gingen damals getrennt zur Schule.

Die altkatholische Gemeinde stellte ihre kleine Barockkirche, ebenfalls mit dem Namen St. Ursula, den Katholiken im Wechsel zur Verfügung. So lange, wurde vereinbart, bis St. Martin wieder aufgebaut war. Es hat Jahre gedauert. Meine Erstkommunion mit zehn Jahren konnte ich weder in St. Ursula noch in St. Martin feiern. Wir mussten in die Konviktskirche ausweichen, die Kirche des Freiburger Theologie-Kollegs.

Die ersten vier Jahre meiner Schulzeit waren ein einziges Chaos. Der Krieg hatte die öffentlichen Strukturen zerstört oder durcheinander gewirbelt. Die Sieger bestimmten, Neu-Ordnungen wurden geschaffen, verändert, abgebaut, aufgebaut. Unsicherheit war an der Tagesordnung, Willkür ebenfalls – durch wen auch immer. Ich spürte es besonders an dem ständigen Wechsel der Schulen, für die wir eingeteilt wurden. Die Regelungen nahmen absonderliche Formen an. In einem Straßenzug beispielsweise wurde die eine Seite einer anderen Schule zugeteilt als die andere Seite.

Eines der für uns wichtigen und niederschmetternden Ergebnisse: Freunde durften nicht dieselbe

Schule besuchen, konnten nicht gemeinsam Hausaufgaben machen, hatten zu unterschiedlichen Zeiten Schule. Damit war auch gemeinsame Freizeit beschnitten.

Innerhalb der ersten vier Jahre wechselte ich dreimal die Schule: vom St. Ursula-Gymnasium (ein halbes Jahr) zur Lessingschule (ein Jahr), von dort zur Adelhauser Schule und schließlich – das war eine nicht zu verstehende Lösung mit weitem Fußweg – zur Karlschule.

Die Zeit in der Lessingschule glich einem Leidensweg. Einerseits hatte ich einen liebenswürdigen Klassenlehrer, Herrn Siebert, bei dem ich mich wohlfühlte. Andererseits im Musikunterricht – er nannte sich Gesangsunterricht – einen Lehrer Spettnagel. Ich konnte nicht begreifen, was mir widerfuhr. Er hatte die Angewohnheit, Geige spielend durch das Klassenzimmer zu gehen. Oft blieb er hinter mir stehen – und zog mir den Geigenbogen über den Rücken. Ohne jeglichen Anlass. Still, wie er geprügelt hatte, ging er weiter. Kein Mitschüler sagte etwas. Viele haben es sicherlich nicht einmal bemerkt. Wir waren eine reine Jungenklasse. Prügelstrafe war noch an der Tagesordnung.

Den Schmerz schluckte ich, die ungerechte Behandlung ohne jede Erklärung nicht.

Ich erzählte davon meiner Mutter. Sie ging zur Schule, stellte Herrn Spettnagel zur Rede. Zunächst hatte sie auf die Frage nach seinem Handeln keine Antwort erhalten. Erst als sie ihm auf den Kopf zusagte, sie vermute, dass er unseren Namen „Jakubowski" nicht ausstehen konnte und der Meinung sei, wir wären „Polackenschweine", hatte dieser Mann die Stirn, das zu bejahen.

Nach dem Gespräch mit ihm beschwerte sich meine Mutter beim Direktor. Dann geschah etwas Eigenartiges, mir sehr Unangenehmes. Plötzlich avancierte ich zu Spettnagels Lieblingsschüler. Ich durfte – ja musste – vor der Gesangsstunde sein Sitzkissen aufklopfen. Die Wende in seinem Verhalten konnte ich zunächst nicht begreifen. Dann ahnte ich den Zusammenhang: Er traute sich nicht mehr, mich zu schlagen, und quälte mich nun auf diese Weise.

Vierte Klasse in der Karlschule. Unter Lehrer Haas, einem kleinen, liebenswürdigen und in meiner Erinnerung geduldigen Mann. Ich glaube, zum ersten Mal erlebte ich wirklich Ruhe – und wurde zu einem sehr guten Schüler. Wir hatten die Information, dass dies nun unsere Schule bis zum Schluss bliebe.

Schluss bedeutete bis zur achten Volksschulklasse. Nur sehr wenige konnten damals zum Gymnasium wechseln, auch wenn die Leistungen es zugelassen hätten. Die Schule kostete Geld, so wie heute die Privatschulen. Und wir hatten keines.

Ich begann mich heimisch zu fühlen. Ich lernte eifrig – wie davor auch schon – aber jetzt mit sichtbaren Erfolgen. Unaufhaltsam ging es aufwärts. Nach einem Jahr bei Herrn Seufert, unserem neuen Klassenlehrer, der er bis zum Ende der Schulzeit bleiben sollte, kam der Durchbruch. Von der fünften bis zur achten Klasse war ich regelmäßig Klassenbester, im letzten Jahr, zum Abschluss, sogar ausgezeichnet mit einem Buchpreis. Die Zeugnisse habe ich aufgehoben und bis heute gut verwahrt.

Heute weiß ich nicht mehr, wie ich „mein Pensum" über Jahre geschafft habe; das hieß: Mutter und Vater beim Putzen der Büroräume des Wohlfahrtsamtes helfen. Ich leerte abends gefüllte Aschenbecher und Papierkörbe.

Ab dem zehnten Lebensjahr begann diese „Kinderarbeit". Nur nannte das damals niemand so. Es war gang und gäbe, dass alle mit anfassten.

Die erste Station: Ausläufer (Bote) in der Wäscherei meines Freundes Helmut, im Gegensatz zu uns eine begüterte Familie mit eigenem Mehrfamilienhaus und Eigentümer eben dieser Wäscherei. Wir waren arm, aber auch das war unmittelbar nach dem Krieg das Übliche. „Die Lutzens" hatten drei Söhne und vier Töchter.

Unglaubliche Geschichten wurden über die Familie und auch von den Kindern direkt erzählt. Geschichten, die wir kaum glauben konnten, die aber offensichtlich der Wahrheit entsprachen.

So soll es oft Streit um das liebe Geld gegeben haben, das diese Familie nach unserer Auffassung in Hülle und Fülle besaß. Der Zwist nahm hin und wieder solche Ausmaße an, dass der Vater und Wäschereibesitzer zornbebend seiner Frau vorwarf, keinerlei finanziellen Überblick zu haben und in Saus und Braus zu leben. In solchen Situationen, so erzählten die Kinder, zerriss er Geldscheine, die die Familie anschließend mühevoll zusammenklebte und auf der Bank umtauschte. In dieser Familie gab es ohne Ende Turbulenzen.

Damals bekamen wir eine Ahnung davon, dass an dem Satz „Geld allein macht nicht glücklich" schon etwas stimmen könnte. Die ganzen Querelen taten unserer Freundschaft indes keinen Abbruch. Ich ging in der Familie ein und aus.

Die Wäscherei lag auf einem großen Gelände. Hühner tummelten sich dort, Hasenställe gab es, einen kleinen Nutzgarten und eine Holzhütte für die Kinder. Tag für Tag fuhr ich mit dem mit gebügelter Wäsche beladenen Fahrrad zu den einzelnen Kunden. Zur Auslieferung gesellte sich nach kurzer Zeit die Bedienung einiger Waschmaschinen. Mächtig stolz war ich, dass mir diese Aufgabe hin und wieder übertragen wurde.

Vier D-Mark verdiente ich die Woche, von Montag bis einschließlich Freitag, zwischen 20 und 50 Pfennig Stundenlohn. Selbstverdientes Geld! Stolz war ich!

Mein wöchentlicher Gang nach Erhalt des Verdienstes führte zuerst zum Metzger Herzog. Den Verdienst für meine Arbeit verteilte ich folgendermaßen: 28 Pfennige für 100 Gramm Fleischwurst, 7 Pfennige für ein Brötchen und 60 für einen Kinobesuch am Wochenende. Ich setzte mich auf die Treppe unseres Hauses und aß mit großem Vergnügen. Der Rest, also etwa drei D-Mark, ging an meine Familie.

Filme waren freigegeben ab sechs, zwölf und sechzehn Jahren. Dann gab es noch strengstes Jugendverbot bis achtzehn Jahre. Seit meiner Kindheit bin ich eifriger Kinogänger. Während ich anfangs noch Märchen-, Kinder- und Jugendfilme besuchte, änderten sich relativ schnell Geschmack und Bedürfnisse.

Vor allem die für die Jugend verbotenen Filme hatten es uns angetan; erotische und Liebesfilme an erster Stelle. „Liane, das Mädchen aus dem Urwald" war ein solcher Titel. Liane, blond und halbnackt, schwang sich wie Tarzan von Baum zu Baum, lebte gemeinsam mit den Tieren, die uns nun wiederum nicht interessierten. Die Aufregung und bange Frage, ob wir in eine Kontrolle geraten und erwischt werden würden, war das Spannendste am Kinobesuch. Es ist immer glatt gegangen.

Meine „Kinderkarriere" führte nach der Wäscherei zur Druckerei Fünner in der Moltkestraße mit dem erneuten Start als Bote und dazu, dass ich – wie in der Wäscherei – einige einfache Druckmaschinen, „Heidelberger" genannt, bedienen durfte. Der „Duft" der Druckerschwärze nahm mich gefangen, umhüllte mich und hatte einen nicht unbeträchtlichen Anteil daran, dass ich später Verlagskaufmann bei der Badischen Zeitung in Freiburg wurde. Meine durchgängig sehr guten Zensuren in Deutsch (Aufsatz und Diktat) ebenfalls.

Düfte, Gerüche spielen ohnehin eine sehr große Rolle in meinem Leben. Auch heute noch rieche ich regelmäßig an duftenden Blumen wie Flieder oder Rosen in meinem Garten, lasse den Duft in meine Nase strömen. Er beeinflusst meine Stimmung von Freude und Heiterkeit bis zur Gelassenheit. Ähnlich geht es mir mit dem Duft von Frauen, der nicht von aufdringlichem, stark riechendem Parfum überlagert ist.

Später dann, in meiner Zeit auf der Höheren Handelsschule, blieb ich dem Duft der Druckerschwärze und Gedrucktem treu: Ich trug die damals aufkommenden kostenlosen Wochenzeitungen, Anzeigenblätter genannt, aus – und auf diese Art und Weise weiterhin zum Familieneinkommen bei; besonders später während meiner Lehre bei der Badischen Zeitung und der darauf folgenden Zeit als angestellter Verlagskaufmann.

Darüber hinaus „sorgte" ich für einigen „Luxus", als da waren: Porzellangeschirr, eine Musiktruhe, Bücher, Teile der Wohnzimmereinrichtung und so weiter. Mein Gewicht in der Familie wuchs ständig. Ich konnte und durfte „mitreden", mit entscheiden. Bis zu meinem Wegzug aus Freiburg mit 24 Jahren trug ich regelmäßig und wesentlich zum Lebensunterhalt der Familie bei.

Mein Vater hatte über einen Bekannten meine Mutter kennengelernt. Er war Tischler und Hobbymaler. Sein für Mutter und Vater zur Hochzeit gemaltes Ölbild, ein sommerlicher Blumenstrauß, habe ich nach dem Tod meines Vaters geerbt. Selbstgepflückte Sommersträuße oder Blumen aus dem eigenen Garten waren damals sehr beliebt, die heutigen Blumengebinde unbekannt.

Eines Tages tauchte ein mir fremder Mann mit einem wunderschönen, frisch auf einer Wiese gepflückten Blumenstrauß auf und begrüßte freundlich, aber zurückhaltend meine Mutter und mich. Er sei mit dem Fahrrad gekommen, erzählte er, und hätte Glück gehabt, dass er nicht von französischen Besatzungssoldaten aufgehalten und kontrolliert worden sei. Von Schliengen kam er, einem kleinen Dorf im Markgräflerland und sein Geburtsort, 36 km von Freiburg entfernt. Nach seiner Rückkehr aus vierjähriger russischer Gefangenschaft im Januar 1947 war dies sein Bestimmungsort gewesen.

Wo auch anders hätte er hingehen sollen? Er war heilfroh, wieder zuhause zu sein.

Die französische Besatzungszone, zu der auch Schliengen zählte, war in Bezirke eingeteilt worden, die nicht oder nur mit Genehmigung verlassen werden durften. Gottlob wurde diese Einschränkung relativ lässig gehandhabt.

So war der 25-Jährige mutig losgeradelt, um die Frau – elf Jahre älter als er – näher kennenzulernen, der er kürzlich vorgestellt worden war.

Diese Strecke sollte er noch oft fahren. Regelmäßig besuchte er Mutter und uns, in seinem Rucksack oft die tollsten Leckereien vom Land für uns. Schinken, Speck, Würste, Eier, selbstgemachte Butter, selbstgebackenes Brot. Er kam an, begrüßte Mutter mit Küsschen, öffnete seinen Rucksack wie eine Schatztruhe und packte aus. Nicht allein deshalb war er ein gern gesehener Gast. Mich beeindruckten seine freundliche Art und die Aufmerksamkeit, die er meiner Schwester wie mir schenkte. Es war angenehm, einen Mann hin und wieder, schließlich immer öfter, um sich herum zu haben und nicht nur Frauen. Sie waren damals in der Überzahl. Viele Männer waren „im Krieg geblieben".

Gleichzeitig war ich eifersüchtig. Deutlich war zu spüren, dass Mutter ihr Verhalten verändert hatte, dass dieser Mann für sie wichtig war. Sie „machte ihm schöne Augen", wie damals gesagt wurde. Schwerbeschädigt war er, so nannte sich das. Zu 100 Prozent. Im Russlandfeldzug war er durch einen Lungensteckschuss schwer verletzt worden und durfte körperlich nicht mehr hart arbeiten.

Sein Beruf war Koch. Vorbei war es mit dieser Arbeit. Damals gab es keine modernen, vollautomatischen Küchengeräte, die die Arbeit erleichterten. Körperliche Schwerarbeit war in einer Hotel- oder Restaurantküche üblich. Leichte Arbeiten waren ihm erlaubt, indes nur sehr schwer zu finden und außerdem als Lösung, aus der Arbeitslosigkeit herauszukommen, fragwürdig. Der verdiente Lohn wurde angerechnet auf die kümmerliche Rente als Schwerbeschädigter. Viele Männer überlegten sich aus diesem Grund, ob sie sich überhaupt Arbeit suchen sollten.

Der Entschluss, es nicht zu tun, war auch aus anderer Sicht allzu verständlich: Eine der Kriegsfolgen und Hinterlassenschaften waren Neurosen und Psychosen. Heute verstehe ich, obwohl ich es nicht gutheiße, warum so oft geschwiegen wurde.

Entsetzliche Kriegserlebnisse verschlossen den Männern den Mund. Sie kamen zurück, hatten weitgehend oder völlig die Orientierung hinsichtlich eines „normalen", friedlichen Lebens, intakter Familien, vertrauter Ehefrauen und Kinder verloren. Sie fanden sich einfach nicht mehr zurecht. Ich erinnere mich an entsprechende Erzählungen.

Eine handelte von einem in der Stadt als Chorleiter recht bekannten Mann. Es waren für ihn und seine Familie bittere, erniedrigende Jahre nötig, ehe er sich im Alltag wieder zurechtfand und Fuß fasste. Er war aus dem Krieg total verstört, fast irre zurückgekommen und hatte seine Notdurft wie in den letzten Jahren üblich, dort verrichtet, wo er gerade ging oder stand, auch in seiner Wohnung. Erst nach und nach fand er den Weg zum Klosett, zur Normalität zurück.

Die Kriegserlebnisse waren auch folgenschwer für meinen Vater. Seine große Ernsthaftigkeit, ja Schweigsamkeit, seine Melancholie und zuzeiten Antriebslosigkeit waren für uns alle nicht einfach zu verkraften. Tagelang konnte er wortlos im Bett liegen. Er verirrte sich bestenfalls in die Wohnküche, wenn er Hunger hatte. Wir wussten mit diesem für uns sehr seltsamen Verhalten nichts anzu-

fangen und waren hochgradig irritiert, ja ver-
schüchtert.

Über einen langen Zeitraum bediente ihn Mutter
während solcher Phasen nachsichtig und liebevoll,
bis ihr eines Tages der Geduldsfaden riss. Sie wusste nicht mehr ein noch aus. Vor allem auch deshalb,
weil die Arbeit ja nicht liegen bleiben konnte.

Schließlich beratschlagten wir gemeinsam, was
wir dagegen unternehmen konnten. Wir beschlos-
sen, auf den leidenden Vater keine Rücksicht mehr
zu nehmen, ihn nicht mehr am Bett mit Essen und
Getränken zu versorgen. Und wir hielten das auch
durch. Diese Verweigerung wirkte wahre Wunder.
Seine Rückzüge wurden seltener, er suchte wieder
stärker den Anschluss an die Familie.

Stark spürten wir die Tiefs bei seiner Suche nach
Arbeit. Mutter baute ihn immer wieder seelisch auf,
half ihm auch ganz konkret. Als sie eine Putzstelle
beim Wohlfahrtsamt gefunden hatte, nahm sie ihn
als unterstützende Hilfe mit. Sie arbeiteten im
Team. Vater fegte – so wie Mutter auch – die Räume, wischte Staub und putzte gelegentlich die Fuß-
böden.

Staubsauger gab es nicht. Die Utensilien waren Besen zum Fegen und Schrubber zum Putzen, Staubtuch und Putzmittel.

Schon früh morgens waren die beiden auf den Beinen und um die dreißig Büroräume mussten gesäubert werden. Bei dieser Arbeit lernte Vater auch dort beschäftigte Beamte kennen. Eines der Ergebnisse: Er wurde bei dieser Behörde als „Aushilfshausmeister" eingestellt.

Mutter war sozusagen „die Quelle aller Hoffnungen", der Fels in der Brandung. Optimistisch, stabil, selbstbewusst und kommunikativ. Nachdem sie Vater kennengelernt hatte, wurden sie bald ein Paar. Die Hochzeit fand statt, als ich sieben Jahre alt war.

Ein Jahr später kam mein Bruder Fritz zur Welt. Ursula, meine kleinere Schwester, war inzwischen knapp vier Jahre alt und wurde von Vater adoptiert.

Mutter, gelernte Modistin, sprich Hutmacherin, konnte in diesem Beruf wegen ihrer Beschwerden, die sich bereits während der Lehre gezeigt hatten, nicht mehr arbeiten. Welcher Art diese Beschwerden waren, blieb unklar. Nach dem Krieg hatte sie verschiedene Putzstellen bei Behörden und in Privathaushalten angenommen.

Vater mit seiner Kriegsverletzung versuchte sich mal hier, mal dort, je nach angebotenen Möglichkeiten. So räumte er, gemeinsam mit anderen, in Schwarzarbeit Trümmer eines ehemaligen Palais beseite und entdeckte wunderschöne, antike Porzellanteller, die durch die Gluthitze bei den Bränden leichte Schäden davongetragen hatten. Egal! Vater brachte die Teller mit nach Hause. Wir bestaunten sie wie Weihnachtsgeschenke – und behielten sie. Fortan zählten sie zum Hausstand, was sehr erfreulich war, denn bis zu diesem Zeitpunkt aßen wir aus einfachstem Geschirr, teilweise sogar aus Blechtellern.

Vater machte seinen Weg. Mühselig, unauffällig, bescheiden, geduldig, aber stetig weiterkommend und schließlich seinen Platz als Restaurator in den städtischen Sammlungen des Augustinermuseums findend. Wir waren unendlich erleichtert, dass er es geschafft hatte, eine feste, sichere Anstellung zu finden und sich auch noch wohlzufühlen.

Die einzelnen Stationen dieses Werdeganges waren: Aushilfs-Hausmeister, Aushilfs-Bademeister, Hausmeister. Im Museum zunächst als Hausmeister angestellt, bemerkten sie sein handwerkliches

Geschick und gaben ihm kleine Restaurierungsaufträge, die er offensichtlich so gut ausführte, dass bald größere folgten und ihm schließlich ein fester Arbeitsplatz als Restaurator angeboten wurde.

Zurückhaltend und zögerlich berichtete er zuhause darüber, sein Stolz war zunächst nicht zu bemerken. Wieder einmal musste ihm die Familie gut zureden, bis er dieses Angebot annahm – und dann bis zur Rente sehr gut ausfüllte. Zurückhaltung und Zögerlichkeit, Schweigen, Rückzug und Zuverlässigkeit. Das waren seine starken Eigenschaften. Der gute, freundliche Umgang mit uns Kindern ebenfalls.

Über den Krieg erzählte er wenig. Die einzelnen Stationen nannte er: Frankreichfeldzug, Russlandfeldzug, einzelne Frontabschnitte. Auch dass er überwiegend als Koch in der Feldküche eingesetzt war.

Eine der wenigen Erzählungen, die mir in Erinnerung geblieben sind, waren „die Wellen von Russen", die die Deutschen überrannten. Diese Szenen schienen ihn auch im Traum zu verfolgen. So viele Russen sie auch töteten, sagte er, immer neue „Wellen an Menschenleibern" kamen, mit offensichtlich fürchterlichem Gebrüll. Sie überrannten die deutschen Stellungen. Die berühmt-berüchtigte Kalaschnikow war im Dauereinsatz und gefürchtet.

Von seinen missglückten Fluchtversuchen aus russischer Gefangenschaft berichtete er ebenfalls. „Berichten" ist übertrieben. Es waren einige Sätze, mehr nicht. So, wie er mit Hilfe von Kameraden in einem sibirischen Bergwerk einen Kohletransport nutzte, aber entdeckt wurde. Er hatte sich unter den Kohlen versteckt. Drei Ausbruchversuche machte er. Alle missglückten.

Vier Jahre verbrachte er insgesamt in Gefangenschaft, ehe er nach Deutschland entlassen wurde. Diesen wenigen, seltenen Erzählungen entnahm ich, dass viele Soldaten, auch er, lange Zeit nicht glauben und wahrhaben wollten, dass Deutschland den Krieg verlieren könnte. Die nationalsozialistische Propaganda, zentral gesteuert und perfektioniert bis ins Detail, funktionierte reibungslos.

Eines Tages sprach ich Vater an mit der Frage, wie es passieren konnte, dass viele Soldaten bis zum Kriegsende noch an den sogenannten Endsieg glaubten. Ob er denn nicht bemerkt hätte, dass die ganze Ostfront am Zusammenbrechen war?

„Nein", war seine Antwort. Er glaube das bis heute nicht, was so alles erzählt werde.

Daraufhin lieh ich in öffentlichen Büchereien entsprechende Literatur, brachte sie nach Hause, schlug die entsprechenden Seiten auf, legte alles auf den Tisch und sagte Vater, er solle das einmal lesen. Hier stehe alles Schwarz auf Weiß. Vater würdigte die Bücher keines Blickes, klappte sie zu und meinte lapidar: „Bücher lügen!" Ein einschneidendes Erlebnis für mich, das sehr erschreckte.

Ab diesem Zeitpunkt war mir klar, dass Vater nichts mehr vom Krieg hören wollte. Gespräche darüber mit ihm waren nicht möglich. Ich war entsetzt, konnte das nicht verstehen – hielt aber meinen Mund, weil ich erkannte, dass Auseinandersetzungen uns allenfalls in eine noch größere Distanz bringen und nicht fruchten würden. Das wollte ich nicht. Auch aus Respekt gegenüber meinem Vater. Religion war ebenfalls tabu.

Das Thema Lesen war ein heikles Feld, nicht für meine Eltern, wohl aber für mich: Es gab bei uns zu Hause keine Bücher. Vater und Mutter lasen zwar die Tageszeitung, aber das war's dann auch. Ich habe von meinem Vater nie einen schriftlichen Gruß, eine selbstgeschriebene Geburtstagskarte, einen Brief erhalten. Ich hatte die Vermutung, dass Vater der Schrift kaum mächtig war und fragte ihn eines Tages nach seiner Schulzeit.

Er war auf dem Land groß geworden und hatte die Volksschule besucht, die aus zwei Klassen bestand: Erste bis vierte und fünfte bis achte Klasse. Völlig ahnungslos war ich, was das konkret bedeutete.

Er machte mir das in seinen schlichten Worten klar. Durchgängiger, intensiver Unterricht war nicht die Regel. Vielmehr mussten die Kinder mithelfen bei der Kartoffelernte, der Heuernte, der Weinernte, beim Pflücken von Kirschen, Äpfeln, Pflaumen, Mirabellen, von Obst schlechthin. Der Unterricht fiel dann aus. Seine Berichte endeten mit der Aussage, dass er sich schäme, mir zu schreiben, weil er Angst vor Fehlern hatte. Diese Ehrlichkeit wiederum war Größe in meinen Augen. Und für mich unvorstellbar, so zu leben.

Seit meiner Kindheit lese ich unausgesetzt. Lesen ist für mich Lebenselixier. Es hat mir in meinem Leben grundlegend geholfen, mich weiter gebracht, mir die Augen und Sinne für viele Dinge geöffnet, meine ohnehin schon vorhandene Neugier immer wieder aufs Neue geweckt und beflügelt. Gleichzeitig konnte ich mich dadurch weiterbilden. In einer Art permanenten Selbststudiums. Mentoren, Protegés haben mich auf diesem Weg begleitet, ohne dass ich diese Wörter damals kannte, geschweige deren Bedeutung. Aber die Menschen, die mich förderten, haben sich tief in mein Gedächtnis eingeprägt:

Fräulein Fanck zum Beispiel, Bibliothekarin und Leiterin der katholischen Albertus-Bücherei. Sie hat mich geduldig mit Büchern vertraut gemacht und verständnisvoll Kämpfe mit mir ausgefochten, wenn ich auf einem Titel bestand, den ich lesen wollte und den sie nicht für gut befand.

Oder mein Klassenlehrer Seufert. Er lud öfter einige meiner Schulfreunde und mich zu sich nach Hause ein. Ich kam aus dem Staunen nicht mehr heraus. Selbstgemalte Bilder an den Wänden, wertvolle alte Perserteppiche auf dem Fußboden, ein Klavier im Wohnzimmer. Eine andere Welt! Sie stand in krassem Gegensatz zu meiner eigenen, engen und bescheidenen. So ähnlich wie er wollte ich später einmal leben.

Lehrer Seufert war eine sehr gepflegte Erscheinung. Ein großer, stattlicher Mann mit Menjou-Bärtchen. Gekleidet in „feinstes Tuch" trug er fast immer elegante, mich stark beeindruckende Hüte.

Vielleicht habe ich daher bis heute ein Faible dafür. Und Ringe an den Fingern. Seine Frau war eine rassige Italienerin, die ihren Mann „Alberto" nannte. Zu uns Schülern war sie ausnehmend freundlich und zu Hause eine liebenswürdige Gastgeberin. Ein sehr ungewöhnliches Paar zur damaligen Zeit.

Ich ging zur Volksschule, Klasse 5 a, zehn Jahre alt, arbeitete jeden Tag nach der Schule. Wann ich meine Hausaufgaben machte, ist mir heute ein Rätsel. Vermutlich waren sie schnell erledigt, irgendwann zwischendurch. Trotz der knapp bemessenen Freizeit spielten wir, die Kinder der Moltke- und angrenzenden Straßen, meistens draußen.

Die Trümmergelände, vom zerstörten Stadttheater bis zu ebensolchen Häusern, waren ein bevorzugter Platz. Faszinierend, aufregend, gruselig waren die dunklen, oft halb verschütteten unterirdischen Gänge des Theaters. Wir fanden darin Theaterkarten, glitzernde Steine und Kristalle der Kronleuchter, Requisiten aller Art wie Kostüme, zum Teil angesengt vom Feuer oder ramponiert durch die Zerstörung. Einerlei! Für uns waren es herrliche Gegenstände, die wir mit nach Hause nahmen, mit denen wir selbst Theateraufführungen veranstalteten.

Meine stillen, verträumten Stunden hatte ich im Sommer, wenn aus dem offenen Fenster des Hauses, in dem Ursula Veith wohnte, Klavierklänge herunterwehten. Völlig verzaubert setzte ich mich unmittelbar vor dem Haus auf den Gehweg-Randstein und lauschte den Melodien.

Ursula übte. Fehler störten mich nicht. Sie war die Tochter eines betuchten Beamten und bekam Klavierunterricht. Tiefe Sehnsucht danach, ebenfalls Klavier oder Geige spielen zu können, durchzog mich. Und die Trauer darüber, dass es nicht möglich war. Wir waren dafür zu arm und die Wohnung außerdem zu klein für ein Klavier. Es änderte nichts an meinem Verhalten. Ich saß, hörte und träumte.

Ein anderer beliebter Spielplatz war die Natur in der Umgebung. Durch Freiburg fließt die Dreisam, ein kleiner Fluss, in heißen Sommern eher eine Pfütze, vom Schwarzwald kommend. Heute ist sie weitgehend einbetoniert, Schnellstraßen führen an beiden Ufern entlang. Damals war sie für uns ein Naturparadies. Brombeeren, Himbeeren, Sauerampfer, Blumen wuchsen an den Ufern, Flieder blühte, Weiß- und Rotdorn gab es in Hülle und Fülle, auch Schlehen und wilde Rosen. Tiefe Sandkuhlen, eingerahmt von Flusssteinen, luden zum Baden ein. Schwimmen allerdings war nicht möglich, nur hineinsetzen und erfrischen konnten wir uns.

Jahre später stand das Faulerbad zur Verfügung, wiedererstanden aus Ruinen. Jugendliche hatten mitgeholfen, es aufzubauen. Auch ich. Wir räumten „in Handarbeit" die Trümmer weg, schaufelten mit Hilfe der Erwachsenen und Baggern die zugeschütteten Schwimmbecken frei – und erhielten als Lohn Freikarten für das irgendwann wieder zu eröffnende Schwimmbad.

Über lange Zeit hindurch war es „mein" Bad, bis zum Wechsel in das Strandbad am anderen Ende der Stadt. Dies deshalb, weil mein Vater dort als Aushilfskraft zum Bademeister avanciert war, allerdings lediglich zum „Wiesenbademeister". Er konnte nicht schwimmen, wie viele andere Erwachsene auch. Sie hatten es aus Mangel an Gelegenheit nie gelernt. Ich fühlte mich als „etwas Besonderes", als Privilegierter durch den freien Einlass, der mir gewährt wurde.

Im Sommer durften wir bis zum Einbruch der Dunkelheit draußen spielen. Fußball, Völkerball, Handball, Ochs vorm Berg, Räuber und Gendarm sind mir in Erinnerung geblieben. „Draußen" hieß in unserer Wohnstraße. Autos waren dünn gesät. Sie störten uns nicht wirklich. Wenn eines herantuckerte, unterbrachen wir kurz und spielten danach weiter.

Die üblichen Verkehrsmittel waren Fahrräder und Straßenbahnen. Später kamen Mopeds hinzu. Die erste Verkehrsampel wurde Ende der 50er Jahre des 20. Jahrhunderts an der Kreuzung Bertholdbrunnen in der Stadtmitte Freiburgs installiert und war eine Sensation. Ein hoch in der Mitte der Straßenkreuzung aufgehängter quadratischer Würfel mit einem kreisenden Zeiger auf allen vier Seiten, der sich von einem roten zu einem grünen Feld bewegte. Zebrastreifen waren unbekannt, die heutigen Ampelanlagen desgleichen. Straßen wurden bedenkenlos überquert.

So sehr sich überall Fortschritte zeigten, es war eine prüde und widersprüchliche Zeit, von einer weitgehend konservativen Gesellschaft geprägt. Obwohl im Krieg die wildesten Dinge passiert waren, jahrelang Ausnahmezustand herrschte, viele Regeln außer Kraft gesetzt waren, hatte sich eine eigenartige Moral breitgemacht, die ich als Junge nicht verstand. Die katholische Kirche spielte dabei in Freiburg eine große Rolle.

Wir saßen wie in einem Liebesroman auf einer Bank vor ihrem schmucken Holzhaus mitten in der Stadt, umgeben von einem großen Garten. Brigitte Schmid und ich. Sie die Tochter einer nach meinen Maßstäben reichen Familie und Freundin meines Freundes Helmut. Und wir küssten uns.

Zwölf Jahre alt war ich, Brigitte auch. Von diesem Kuss erzählte ich Helmut. Er hatte nichts Besseres zu tun, als überall in der Straße diese Information zu verbreiten.

Nach dem Stolz über den Kuss und Helmuts Klatschereien stellte sich nun Scham ein. Ich traute mich nicht mehr auf die Straße, ging zur Schule, danach zur Arbeit, ging nach Hause, war traurig und redete kaum.

Als sich meine Mutter aufgrund meines seltsamen Verhaltens nach meinem Befinden erkundigte, erzählte ich alles. Sie tröstete mich und meinte, das sei nicht schlimm. Ich schöpfte Mut und traute mich wieder auf die Straße, unter Freunde – und spürte die weibliche Anziehungskraft. An vielerlei Stellen.

Zum Beispiel an der Lust nach zweideutigen Heftchen, die Unglaubliches boten, im Vergleich zu heute geradezu lächerlich: Auf Schwarz-Weiß-Fotos bildeten sie Frauen mit nackten Brüsten ab.

Ein heimlicher Genuss, der uns äußerst unruhig werden ließ. Zum einen wegen der Aufnahmen, zum anderen wegen der Möglichkeit, entdeckt zu werden.

Eines Tages fand ich meinen Fahrradschlüssel nicht mehr. Meine Mutter durchsuchte meine Schultasche, die für sie bisher tabu gewesen war. Als ich nach Hause kam, fragte sie mich harmlos, was ich denn zur Zeit alles läse.

Ohne jegliche Schwierigkeit nannte ich mehrere Buchtitel. Sie nahm ihre Hände vom Rücken und hielt mir das Heftchen mit dem Titel „Liebe, wie die Frau sie wünscht" unter die Nase, fragte, wer mir das ausgeliehen hätte. Ich nannte den Namen des Schulkameraden. Als sie mir den Umgang mit ihm verbieten wollte, setzte ich mich zur Wehr und lehnte ab. Damit war das Thema erledigt.

Erotik ließ uns Jungen aber nicht los. Wir waren mitten in der Pubertät.

So wurde über Cordula, ein Mädchen in unserer Straße, geflüstert, dass sie oft kein Höschen trage. Ein hoher Reiz, sie „unten herum" einmal nackt zu sehen. Schnell fand ich eine Lösung. Cordula saß oft auf der obersten Treppenstufe ihres Hauseinganges, um auf Freundinnen oder uns Jungen zu warten. In meiner Phantasie malte ich mir aus, dass ich mich auf die unterste Stufe setzen, zu ihr hoch schauen, mit ihr plaudern und einen Blick zwischen ihre Schenkel wagen würde. Gesagt, getan.

Und es klappte! Welch ein Vergnügen, verbunden mit schlechtem Gewissen. Und äußerst zwiespältig. Dass ein Mädchen keinen Schlüpfer (so nannten wir den Slip) trug, war unanständig, unkeusch, voll daneben. Gleichzeitig fanden wir das aufregend, toll, frech, mutig.

Sie direkt darauf anzusprechen, war allerdings ein Ding der Unmöglichkeit. Wie sollten wir nun mit Cordula umgehen, wie sie einschätzen? Im Sinne der katholischen Kirche war ihr Verhalten ohnehin eine schwere Sünde.

Diese und andere Vorkommnisse führten bei mir zu immer stärkeren Zweifeln an der Kirche. So konnte ich nicht begreifen, weshalb ein Kuss eine Sünde sein sollte und verboten war. Eines Tages sprach ich bei der Beichte darüber mit einem jüngeren, sehr verständnisvollen Priester. Das Ergebnis: „Unkeuschheit" zu beichten ersparte ich mir künftig.

Die ersten Jahre unmittelbar nach Kriegsende waren gekennzeichnet durch Not und Verzicht. Die heute bundesweit verbreitete „Tafel" hatte damals ihre Vorläufer: Volksküchen, die sich gegen Essensmarken mit kostenlosen Mittagessen derer annahmen, deren Geld nicht für das Notwendigste reichte. Lange Menschenschlangen standen mittags an, um Essen zu fassen. Abgefüllt wurde es in sogenannte Henkelmänner, die mitgebracht wurden.

Davon musste unsere Familie nie Gebrauch machen. Die entsprechenden Lebensmittelkarten gaben wir Verwandten. Wir litten keine Not, wenngleich zunächst viele Nahrungsmittel nicht verfügbar waren. Beispielsweise Weißmehl, sehr begehrt, aber kaum zu haben.

Vier Straßenzüge weiter gab es in einer Bäckerei jeden Tag auf Zuteilung stattdessen Brot aus Maismehl. Seltsamerweise waren wir auch darauf nicht angewiesen. Butter war ebenfalls Mangelware, von Schokolade und anderen Süßigkeiten ganz zu schweigen, Margarine notgedrungen der Renner. Südfrüchte wie Mango, Ananas, Orangen, Bananen waren weitestgehend unbekannt und wurden nicht angeboten.

Wenn heute wieder Obst aus der Region beworben wird, war das damals Usus. Es gab nur Obst aus der Region. Und Schrebergärten für die Städter – auf dem Dorf der Garten vor dem Häuschen –, um den Eigenbedarf aus Selbstangebautem zu decken.

Wir wussten, welches Obst in welcher Jahreszeit wächst, pflückten selbst Kirschen, Beeren, Äpfel; ich bei Oma und Opa in Schliengen und im eigenen Garten. Auch bei der Weinlese half ich, anfangs mit dem Ergebnis von Durchfall, weil ich während des Schneidens der Weintrauben zu viele aß. Nach kurzer Zeit und etlichen Ausflügen hinter Büsche wusste ich mich einigermaßen zu kontrollieren.

Das schönste Erlebnis indes bot mir das tägliche Vesper während der Weinlese: Selbstgebackenes Brot aus Omas Steinbackofen in der Küche ihres Häuschens, Speck und Hausmacher Würste in einer Pause am Morgen und erneut am Nachmittag. Eigener Wein für die Erwachsenen. Die Kinder tranken Apfel- oder Traubensaft.

Viele Menschen waren Selbstversorger. Wir auch zu einem erheblichen Teil. Den Schrebergarten hatte der Großvater mütterlicherseits zu Lebzeiten an uns abgegeben. Vier Ar, also 400 Quadratmeter, stellten eine respektable Größe dar, die sich gut bewirtschaften ließ. Pfirsichbäume versorgten uns jedes Jahr so reichlich, dass wir Früchte regelmäßig auch an Nachbarn verschenken konnten. Erdbeeren, Rhabarber, rote und schwarze Johannisbeeren, Stachelbeeren, Birnen- und Apfelbäume, Pflaumen gab es zuhauf, daneben säten oder setzten wir Kartoffeln, Zwiebeln, Lauch, Karotten, Kopf-, Endivien- und Feldsalat. Blumen säumten die Gartenwege.

Dessen nicht genug. Oma und Opa väterlicherseits waren Kleinbauern im Nebenerwerb. Davon leben konnten sie nicht. Opa verdingte sich als Taglöhner in einer Fabrik an der Schweizer Grenze. Oma arbeitete im Haushalt und Garten und betreute das Kleinvieh. Opa war am späten Nachmittag zuhause – um in seine Rolle als Kleinbauer zu schlüpfen.

Wenige Meter von ihrem Häuschen entfernt, im Hof, standen ein Hasen-, Hühner- und Schweinestall. Die Schweine wurden ernährt von Küchenabfällen. Der hauseigene Mais, gezogen auf dem Dorfgelände, kam als Hühnerfutter vom „Gländ", einem in Parzellen für einzelne „Dörfler" aufgeteilten Flecken Erde. Und für die Hasen wurde Grünzeug am Wegesrand gesucht, mit dem sie gefüttert wurden.

Größere Bauern verfügten über eigene Felder.

Von den Großeltern bezogen wir regelmäßig Gemüse, besonders Kohl, vor allem aber geschlachtete Hühner und Stallhasen, Würste und Fleisch vom Schwein. Die Todesstunde der Schweine und die Verarbeitung zu Würsten, Speck, Frisch- und Dosenfleisch habe ich etliche Male miterlebt. Ein Drama:

Morgens rückte der bestellte Metzger an. Die Schweine ahnten, dass ihre letzte Stunde geschlagen hatte, und quiekten zum Gotterbarmen. Opa hatte sich einen freien Tag genommen. Die Messer waren gewetzt, die Beile zum Zerteilen des Fleisches geschärft. Mein Vater und sein Cousin Adolf packten mit an. Bottiche, Zuber und andere Utensilien standen im Hof bereit. Allein die Anzahl und Schärfe der Messer waren für mich kolossal beeindruckend, das vom Metzger mitgebrachte Bolzengerät zum Töten der Sau geheimnisvoll. Wir Kinder bekamen es nie richtig zu Gesicht.

Dann wurde das in der Regel ein Jahr alte Schwein geschlachtet. Der Bolzen wurde am Kopf angesetzt und tötete es, die Halsschlagader mit dem Messer geöffnet und das Blut aufgefangen, um später in Würsten wie der hausgemachten Blutwurst und Leberwurst verarbeitet zu werden. Fleisch und Speck wurden in großen Töpfen gekocht und ebenfalls verwurstet. Die Entstehung der Würste war ein Ereignis, einschließlich der sogenannten Metzelsuppe, einer Brühe, die aus dieser Verarbeitung hervorging und mir sensationell gut schmeckte.

Der Lohn des Metzgers: ein Teil dieser Naturalien, die er dann verkaufte. Welcher Metzger/Fleischer gewählt wurde, hing offensichtlich stark von der Fähigkeit ab, welche Kräuter und Gewürze er in welchen Kombinationen verwendete, um allem den richtigen, differenzierten und würzigen Geschmack zu verleihen.

Kinder und Jugendliche jener Zeit mit Kontakten zum dörflichen Leben standen in enger Berührung zu Natur und Nutztieren, wuchsen damit auf und empfanden die Art und Weise des Umgangs mit Haustieren als völlig normal und natürlich.

Quer über den Hof erreichte man das Klo-Häuschen, ein Plumpsklosett ohne fließendes Wasser. Feingeripptes, umweltverträgliches Klosettpapier war unbekannt. Stattdessen wurde auf Zeitungspapier zurückgegriffen.

Direkt vor dem Haus stand ein steinerner Brunnen mit einem Wasserhahn an der Hauswand. An ihm wuschen wir uns vom Frühjahr bis in den Herbst. Bad, Dusche, fließendes kaltes und heißes Wasser waren Bestandteile komfortabler Stadthäuser. Wenn eine ausgiebige Körperwäsche anstand, wurde Wasser heiß gemacht und in Schüsseln geschüttet. Nicht nur bei Oma, auch bei uns zuhause. Dann begann die Planscherei. Zuhause schickte ich die anderen aus der Küche, um mich ungestört waschen zu können und mich nicht in meiner Nacktheit zeigen zu müssen.

Trotz der Vorteile in der Lebensmittelversorgung mangelte es an vielem bis zur Währungsreform. Bohnenkaffee war ein ausgesprochener Luxus, der bestenfalls an Fest- und Feiertagen auf den Tisch oder besser gesagt in die Tasse kam. Werktags wurde der sogenannte Muckefuck getrunken, ein Malzkaffee. Auch Schokolade war ein begehrter Luxusartikel. Feines Weißmehl desgleichen. Butter habe ich schon erwähnt. Nach Süßigkeiten aller Art leckten sich die Kinder die Finger. Erwachsene sicherlich auch.

Zigaretten waren ein obligates, außerordentlich begehrtes Tausch- und Zahlungsmittel. Dafür war so gut wie alles zu haben. „Hamstern" war notgedrungen für viele Städter ohne persönliche Kontakte zur Landbevölkerung zu einem notwendigen Hobby geworden.

Mein Klassenlehrer Seufert zum Beispiel, der hervorragend malen konnte, ging regelmäßig „auf Tour". Er bemalte kleine Holzkästchen, die als Schmuckkästchen oder Schatulle für irgendwelchen Kram verwendet werden konnten, und bot sie im Tausch gegen Lebensmittel feil. Der Schwarzmarkt blühte. Unmittelbar habe ich das nicht erlebt, erzählt davon wurde oft. Die Nutznießer waren häufig an einer gewissen Extravaganz zu erkennen.

So Hilde Gerspach, eine Bekannte, die uns häufig besuchte. Eine sehr liebenswürdige, gleichzeitig reserviert wirkende und geradezu mondän anmutende Dame mit blonder Hochfrisur, Pelze und Schmuck tragend, elegant gekleidet, vom Scheitel bis zur Sohle eine gepflegte Erscheinung und wundervoll duftend. Außerdem Zigarette rauchend mit silberner Zigarettenspitze.

Fragen über Fragen: Woher kannte Mutter sie? Wer war sie und was tat sie? Wodurch konnte sie sich all das leisten? War sie vielleicht eine Hure (wobei ich nicht so recht wusste, was überhaupt eine Hure ist)? Jedenfalls: Ich habe sie bewundert und wünschte, dass wir nur einen Bruchteil dessen hätten, was sie sicherlich ihr Eigen nannte, ohne neidisch zu sein.

Vermutungen über Vermutungen. Nie wurde zwischen Vater und Mutter darüber gesprochen. Nie habe ich gefragt. Irgendwann einmal hieß es, sie hätte einen reichen ungarischen Adligen zum Mann gehabt, der ihr vieles vererbt hätte.

Es war nach der Währungsreform. Wieder einmal war ich mit meinem Einkaufszettel unterwegs. Zuerst zum Bäcker, dann zum Lebensmittelhändler, beide in unserer Straße.

Plötzlich waren die Regale voller Waren. Die ersten Fertigprodukte kamen auf den Markt. Fertigsoßen und -suppen, in Würfeln und Tüten von Maggi und Knorr. Die berühmteste „Fertigsuppe" war die Erbswurst, ein Trockenprodukt aus Erbsenpulver. Fertig zubereitet schmeckte sie wie eine Erbsensuppe, allerdings ohne Erbsen.

Die meiste Ware aber wurde lose aus großen Holzschubladen heraus verkauft: Mehl beispielsweise, auch Zucker, Linsen, Salz, Graupen, weiße Bohnen, Erbsen und Konserven aller Art. Tiefkühlkost wurde von der Industrie erst in den 60er Jahren entwickelt und setzte sich anfangs nur schwer durch. Dann allerdings trat sie einen unvergleichlichen Siegeszug an. Convenience war das Stichwort. Arbeitserleichterung.

Für Wurst und Fleisch war der Metzger zuständig, Käse war im Milchladen zu haben, lose Milch ebenfalls. Die Milchkanne wurde mitgebracht. Abgepackte Milch gab es nicht. Brot und Kuchen bot der Bäcker an, Gebäck und Torten ebenfalls, aber relativ spärlich. In den meisten Haushalten wurde selbst gebacken. Supermärkte waren ,unbekannt, ebenfalls breite Sortimente von Nahrungsmitteln. Die sogenannten Tante-Emma-Läden bestimmten das Bild.

Ernährungsgewohnheiten und das Ernährungsverhalten waren völlig anders als heute. Sie waren noch geprägt von der kleinbäuerlichen Landwirtschaft, die sich langsam ihrem Ende näherte, was wir damals noch nicht ahnten. Erste Ansätze wurden spürbar bei der sogenannten Flurbereinigung, die Ende der 50er Jahre im Markgräflerland und am Kaiserstuhl bei den Weinbauern eingeleitet wurde.

Kleine und kleinste Weinberg-Areale der Bauern lagen weit verstreut. Die Arbeit im Weinberg war deshalb sehr beschwerlich. Lange Anfahrtswege –

nicht mit dem Traktor, sondern mit dem Ochsen-
karren – und wirklich große Zeitverluste waren
üblich. Geringe Abstände zwischen den einzelnen
Rebstockreihen ebenfalls. Es wäre unmöglich gewesen, die Erde mit einem motorbetriebenen Pflug
zu bearbeiten. Alles musste per Hand und Hacke in
mühsamer Arbeit bewältigt werden.

Die Flurbereinigung sollte Abhilfe schaffen. Die
Weinberge wurden sozusagen getauscht, mehrere
kleine Gebiete zu einem größeren Weinberg zu-
sammengelegt, zigtausende alter Rebstöcke durch
neue ersetzt, die Reihenabstände vergrößert. Damit
wurde auch die künftige, maschinelle Arbeitsweise
vorbereitet.

Mit diesen Veränderungen einher ging der Aufbau der Winzergenossenschaften, zu denen sich die
Landwirte zusammenschlossen. Langsam, aber sicher entstand der „Markenwein". Nicht mehr nur
die einzelnen, typischen Lagen der Winzer wurden
angeboten, sondern auch große Weinmengen der
Winzergenossenschaften, die gegründet worden
waren.

Die Ernährung war, an heutigen Maßstäben ge-
messen, sehr bescheiden. Fleisch und Geflügel kamen in den ersten Nachkriegsjahren höchstens
einmal pro Woche auf den Tisch. Es war sehr teuer.

Der Preis für ein Hähnchen bzw. einen Hahn lag bei etwa vier Deutschen Mark, also zwei Euro – dies vor 60 Jahren!

Wir hatten Glück durch die Unterstützung unserer Großeltern und kauften Geflügel so gut wie nie. Ähnlich erlebten das viele Familien, die entweder selbst in ihrem Schrebergarten oder in den Hinterhöfen der Mietshäuser Hasen und Hühner hielten und durch Verwandte auf dem Land unterstützt wurden. Fisch kam freitags auf den Tisch.

Freiburg war damals noch stark vom Katholizismus geprägt und die Tradition, am Freitag Fisch zu essen, hatte ihren Ursprung im fleischlosen Karfreitag, an dem wegen der Kreuzigung Jesus Christus und seinem Tod kein Fleisch gegessen werden durfte.

Ein üppiges Frühstück mit Wurst und Käse, Marmelade und Honig, Früchten und Joghurt wie heutzutage wäre als Völlerei zum falschen Zeitpunkt abgelehnt worden, obwohl es das Sprichwort „Frühstücke wie ein König, esse zu Mittag wie ein Fürst und zu Abend wie ein Bettler" gab.

Joghurt kam ohnehin erst viele Jahre später auf den Markt. Selbstgemachte Sauermilch dagegen, die sich aus der gekauften Milch entwickelte, wenn man sie länger stehen ließ, wurde von vielen gerne getrunken. Heute ist sie, maschinell hergestellt, bekannt als Buttermilch oder Stichjoghurt.

Markgräflerland und Kaiserstuhl waren und sind bis heute stark geprägt von der Esskultur in Italien, Österreich, Frankreich, der Schweiz. Mehlspeisen wie Nudeln aller Art dominierten, Salate und Gemüse, leckere Soßen ebenfalls. Fleisch und Fisch waren das i-Tüpfelchen und kamen später öfter auf den Tisch.

Von der Notwendigkeit, mageres Fleisch wegen der Gesundheit zu verzehren, sprach niemand. Im Gegenteil. Fett war nicht nur als Geschmacksträger, sondern auch für den „Wiederaufbau" des Körpers heiß begehrt. Übergewicht war nicht das Thema, Untergewicht dagegen sehr, der Herzinfarkt unbekannt.

Trotz der Vorteile durch die Großeltern mussten wir anschreiben lassen. Wie manche anderen Familien auch. Aber das änderte für mich nichts an der Scham, die damit verbunden war.

Geld tröpfelte nur unregelmäßig und langsam in die Kassen. Zwei „Anschreib-Büchlein" hatten wir angelegt, weil wir oft nur mit Ach und Krach über die Runden kamen und über wenig Bargeld verfügten. Am Monatsende gab es den Lohn. Damit konnten wir dann unsere Schulden begleichen. Es war für mich eine schwierige Zeit. Ständig hautnah zu spüren, wie wenig Geld wir hatten, und dies zum Teil eben auch noch öffentlich zeigen zu müssen.

Für den Lebensmittelhändler war ein Büchlein bestimmt, für den Bäcker das andere. Mit ihnen und dem Einkaufszettel in der Hand musste ich losziehen. Es war mir so peinlich, ich schämte mich derartig, dass ich, wenn sich andere Leute im Laden aufhielten, vortäuschte, ich überlegte mir noch, was ich brauchte, um mich erst zu melden, wenn niemand mehr im Laden war. Am unangenehmsten war es, wenn ich auch noch „Camelia", die Monatsbinden, vom Zettel ablesen musste.

Die monatliche Abrechnung erledigte Mutter. Über Jahre hinweg, bis wir endlich in einer besseren Situation waren und unsere Einkäufe bar bezahlen konnten. Die kleinen Einkäufe wohlgemerkt. Größere Anschaffungen mussten wir über Ratenkäufe abwickeln, damals allerdings für Millionen Menschen üblich.

So wollte ich eines Tages in ein Konzert, das Mario del Monaco gab, ein italienischer Opernsänger und weltweit bekannter Star. Er gastierte in der

Freiburger Stadthalle. Die Karten waren für meine Verhältnisse sündhaft teuer. Vierzehn Deutsche Mark habe ich gezahlt.

Das Problem: Ich hatte keinen dunklen Anzug, nur eine grünlich-graue Kombination. Sie an einem derart festlichen Abend zu tragen, kam für mich nicht in Frage. Ich wäre mir völlig deplaziert vorgekommen. Also kaufte ich in einem Versandhaus einen elegant wirkenden, dunkelbraun-schwarz gestreiften Anzug für 120 Mark, den ich in Monatsraten abstotterte.

Aber ich saß mit sehr gutem Gefühl im Konzert, fühlte mich sicher und genoss den Abend.

Das Thema „Verantwortung" kenne ich seit meiner Kindheit. Als „Hüter meiner Geschwister", als Mitverdiener bei der Aufbesserung der Familienkasse. Und als Mitgestalter des Familienlebens, bis hin zur Dominanz in späteren Jahren. Eine für mich sehr zwiespältige Sache.

Einerseits mit Stolz darüber verbunden, dass ich schon viele Aufgaben übernehmen konnte, die üblicherweise größeren Kindern aufgetragen wurden. Andererseits das Gespür dafür und die zeitweise sehr starke Belastung, eigentlich zu viel Verantwortung tragen zu müssen. Wechselbäder der Gefühle.

Für meine Geschwister war ich „der Große, der alles konnte", den sie bewunderten und beneideten, manchmal sogar hassten. Sie kamen sich oft klein und minderwertig vor. So lautete die Auskunft meines Bruders Fritz in einem Gespräch, als wir schon lange erwachsen waren.

Unser Familienleben war ein Kampf ums tägliche Überleben, turbulent, abwechslungsreich und immer wieder auch heiter. Eines unserer beliebtesten Spiele war „Mensch ärgere dich nicht". Meine Cousine Brigitte allerdings disqualifizierte sich nach kurzer Zeit selbst. Sie ärgerte sich ohne Unterlass, wurde aggressiv, wenn sie auf der Verliererstraße war, und bekam schließlich nachts Fieber. Spielen war kein Spiel für sie, sondern bitterer Ernst, und Verlieren hatte sie offensichtlich nie gelernt.

Davon abgesehen hatten wir unseren Spaß, amüsierten uns köstlich, spielten vor allem im Herbst und Winter abends oft unverdrossen. Mir war es völlig gleichgültig, ob ich gewann oder nicht. Wichtig war für mich – und manchmal fast unheimlich –, wenn ich den Würfel in beide Hände nahm, ihn intensiv betrachtete, deutlich eine Zahl für einen Rauswurf sagte, würfelte – und der Würfel dann tatsächlich diese Zahl anzeigte. Es war wie Magie. Und es glückte wirklich oft. Mir war es ein Rätsel, aber natürlich äußerst wirkungsvoll, beeindruckend. Die Mitspieler staunten, ja fürchteten sich manchmal geradezu vor dieser Zauberei.

Die Sommerzeit war angefüllt mit Besuchen im Schwimmbad, Spielen auf der Straße und – am Wochenende – gemeinsamen Ausflügen der Familie. Es ging hinaus in die Natur, meistens bepackt mit Federballschlägern. Später sprach man „vornehmer" von Badminton.

Meistens hatten wir Freiburg-Günterstal im Visier. Für mich eine wunderschöne Landschaft. Sie begann mit Kleingärten am Rande der Feldwege, die bald abgelöst wurden durch weite, herrlich bunte Blumenwiesen, die ich liebte. Auf dem Rückweg pflückten wir regelmäßig einen Strauß für zuhause.

Nach den Wiesen empfing uns der Wald, bis wir schließlich in St. Barbara landeten, einem Waldcafé. Erwartungsvoll suchten wir unsere Plätze. Wir Kinder wussten, dass wir leckeren, selbstgemachten Kuchen und eine Limonade bestellen durften. Dieses urwüchsige Café war für seinen Kuchen berühmt. Für wenig Geld futterten wir große Portionen, vom sommerlichen Zwetschgenkuchen bis zur Schwarzwälder Kirschtorte. Von weither kamen die „Sonntagsausflügler", um sich dieses Vergnügen zu genehmigen.

Bei solchen Spaziergängen entdeckten wir auch Heidelbeerschläge und schattige Plätzchen unter Tannen mit Pfifferlingen. Vater und ich merkten sie uns. Im Spätsommer dann sammelten wir Früchte und Pilze.

Mein Vater war noch jung, schlichte 18 Jahre älter als ich. In vielerlei Hinsicht machte sich das positiv bemerkbar. Im Sommer spielte er oft mit uns Kindern aus der Straße Fußball. Er störte sich nicht an uns Kleinen, wir uns nicht an ihm.

Einen Fernseher gab es nur in wenigen Familien. Bei uns selbstverständlich nicht. Erst ab Mitte der 50er Jahre eroberte dieses neue Medium den Markt.

Ich erinnere mich genau: Die Fußballweltmeisterschaft 1954 sahen wir uns beim Foto- und Schallplattenhändler Lauber an. Er hatte seine Garage freigeräumt, Bänke aufgestellt, projizierte die Spiele auf eine große Leinwand und verkaufte Karten, eine für 50 Pfennige, etwa so teuer wie ein Kinobesuch für Kinder. Ich war von meinem selbstverdienten Geld einer der Besucher. Das Endspiel war ein Drama ohnegleichen, bis wir endlich

Weltmeister waren und der Jubel wirklich keine Grenzen kannte. Unerhörter Stolz schwang mit. Wir hatten es geschafft, waren wieder wer – wenn auch nur im Fußball.

Eine für uns Kinder und Jugendliche hochgradige Attraktion war jedes Jahr die sogenannte Messe, die Kirmes auf dem Freiburger Messplatz. Schon wenn wir hörten oder lasen, dass sie wieder stattfindet, bekamen wir glänzende Augen. Ganze Horden von uns strömten hin, zu Fuß oder mit der Straßenbahn.

Die Fahrt mit ihr gestaltete sich zu einem aufregenden Vergnügen, denn wir versuchten, auf die offenen Waggons aufzuspringen und so lange mitzufahren, bis der Kontrolleur auftauchte. Sahen wir ihn, sprangen wir ab und freuten uns diebisch. Oft gelang es, die ganze Strecke kostenlos hinter uns zu bringen.

Und hinein ging's ins Vergnügen. Staunend bummelten wir über den großen Platz mit Hunderten von Karussells, Buden und Sensationen. Fasziniert blieben wir vor den Boxern stehen, die ihre Muskeln spielen ließen und zum Kampf gegen sie aufforderten. Der Gewinner bekam einen Preis.

Jungfrauen wurden zersägt, Schlangenbeschwörer priesen ihre Künste an, Spiegelglas-Labyrinthe sorgten für Verwirrung und Erleichterung, wenn der Ausgang wieder gefunden war; Zuckerwatte, Zuckerstangen, Bratwürste und Fischbrötchen wurden angeboten. Das Wasser lief mir im Mund zusammen.

Allein, ich konnte mir kaum etwas leisten, denn ich hatte regelmäßig nur wenig Geld in der Tasche, meistens um die 50 Pfennige. Die Raupenbahn gefiel mir besonders gut. Die Losstände auch. Ein Los kostete 10 Pfennige.

Gewonnen habe ich, wenn überhaupt, nur Kleinigkeiten. Fritz dagegen, mein Bruder, holte mehrere Male das große Los und wählte einen Eimer mit „Fressalien", gefüllt mit Lebensmitteln und Leckereien.

Unweit des Messplatzes lag das Stadion des Freiburger Fußballklubs (FFC), damals die führende Mannschaft, weit vor dem heutigen Freiburger Sportklub, trotzdem nur in der zweiten Liga. Die Bundesliga existierte nicht. Sie hieß Oberliga.

Fußball hatte es uns angetan. Und die Kassierer hatten offensichtlich ein Herz für Kinder und eines für einen guten Nebenverdienst. So ließen sie uns für 10 Pfennige Eintrittsgeld passieren, die sie als „Taschengeld" einsackten. So erlebten wir jugendliche Enthusiasten „unseren Freiburger FC" und nahmen die besten Kicker als unsere Vorbilder.

Profis waren damals unbekannt, aber eine Art von Sponsoren gab es schon. Die Badische Zeitung beispielsweise, bei der ich später arbeitete, bot guten Fußballern attraktive Arbeitsplätze im Verlag.

Unsere Wohnung in der Moltkestraße war eine Katastrophe. Bei Regen lief das Wasser an den Wänden herunter, die immer feuchter wurden und kaum noch trockneten.

Wind drückte den Rauch aus dem zu niedrigen Schornstein wieder zurück in die Küche, der einzige Raum, in dem es eine Heizung gab, einen Ofen mit Holz, Kohlen und Briketts als Nahrung, der wärmte und auch zum Kochen diente.

Wir wohnten im 4. Stock und mussten Holz und Kohle aus dem Keller nach oben schleppen. Davor fürchteten wir uns. Nackte Glühbirnen hingen von der Kellerdecke, gaben nur schwaches Licht. Funseln nannten wir sie. Eine steile, knarrende Holztreppe führte nach unten.

Während des Krieges diente dieses Gelass vor den Lattenverschlägen als Luftschutzkeller. Eng zusammengekauert saßen wir ängstlich und mucksmäuschenstill und hörten mit Erschauern und Entsetzen das Brummen der uns überfliegenden Bomber. Diese Geräusche haben mich nie mehr losgelassen. Ich denke, diese Angst schwang mit, wenn ich Kohlen holen musste. Mein jüngster Bruder war gottlob von all dem verschont geblieben. Inwieweit meine Schwester sich daran erinnert, entzieht sich meiner Kenntnis.

Mit fünf Personen hausten wir in unserer kleinen Wohnung. Die Eltern waren Dauergäste auf dem städtischen Wohnungsamt, um eine andere Wohnung zu finden. Aber schon damals lief vieles über Beziehungen. Oft mussten sie erleben, dass sie auf eine schriftliche Aufforderung der Behörde sofort zur Besichtigung einer Wohnung eilten, diese aber bereits vergeben war, wenn sie ankamen. Es war niederschmetternd, einfach deprimierend. Immer wieder sprachen wir darüber, die Stimmung war gedrückt.

Eines Tages hatte ich eine Idee. Meine Schwester war inzwischen zwölf Jahre alt und am Anfang ihrer Pubertät, ich mittendrin. Mein Bruder war acht, ich knappe sechzehn Jahre alt und besuchte die Höhere Handelsschule. Noch ein Jahr, dann sollte ich die Mittlere Reife haben. Zu dritt lebten wir in einem kleinen Zimmer mit sogenannten Klappbetten. Morgens klappten wir sie hoch, trugen zwei kleine Cocktailsessel und ein Tischchen von der Wohnküche in das Zimmer, abends ging es zurück.

Die Situation mit der pubertierenden Schwester und mir, dem 16-Jährigen, nahm ich als Aufhänger. Eines Tages sprach ich im Beichtstuhl „meinen Stadtpfarrer" an, schilderte ihm die Lage mit der Aussage, dass der Kirche wohl nicht daran gelegen sein könne, pubertierende Geschwister in einem Raum schlafen zu lassen, der Sünde seien doch Tür und Tor geöffnet. Die Kirche und mein Pfarrer mögen bitte etwas dagegen unternehmen und für eine andere Wohnung sorgen.

Stadtpfarrer Öchsler stutzte, pflichtete mir bei und versprach, uns zu helfen. Ich war überrascht und hocherfreut, ging nach Hause und erzählte mit stolz geschwellter Brust meinen Erfolg. Meine Eltern wussten nicht, wie ihnen geschah.

Der zweite Ansatz war folgender Gedanke: Es gab ja einen Familienminister. Würmeling hieß er. Und es gab den Bundespräsidenten Heuß. Mein Vater hatte mir auf Ratenzahlung eine Erika-Reiseschreibmaschine geschenkt, damit ich, der leidenschaftlich gerne tippte und auf der Höheren Handelsschule „blind" zu schreiben lernte, üben und natürlich auch Briefe an Behörden schreiben konnte.

Ich setzte mich also an meine Maschine und schrieb an beide Herren, schilderte unsere Situation und bat sie, sich für uns einzusetzen, für Abhilfe zu sorgen. Jeden informierte ich über die Korrespondenz mit dem anderen. Damals war mir nicht klar, dass meine Briefe nie bei den Empfängern direkt landen würden, sondern bei unteren Dienststellen.

Jedenfalls, so unglaublich es klingt: Nach wenigen Wochen erhielten wir sowohl vom Bundespräsidialamt als auch vom Familienministerium den Bescheid, dass unser Anliegen vordringlich bearbeitet werden würde. Und tatsächlich! Wiederum nach etlichen Wochen meldete sich das Wohnungsamt in anderer Form als bisher.

Eines Tages wurde uns eine Wohnung des sozialen Wohnungsbaus in einem Neubau offeriert. Im Stadtteil Haslach, nicht mit dem besten Leumund ausgezeichnet. Aber ein Gebiet, das sich ständig veränderte, weil viel gebaut wurde und Freiburg wuchs. Andere Stadtteile veränderten sich ebenfalls.

Beispielsweise die Konviktstraße, seit vielen Jahren schon ein nobles Wohnviertel mit besten Mode- und Antiquitätsgeschäften, sanierten, restaurierten Häusern und Wohnungen. Damals war sie ein übles Gässchen mit regelmäßigen Messerstechereien, nahe dem Münster und neben dem Konvikt gelegen, einem Wohnheim für Theologiestudenten. So ändern sich die Zeiten.

Jedenfalls – Vater studierte den Wohnungsplan und die Lage. Frau und Kinder standen dabei. Dann entschied er: Da ziehen wir nicht hin. Die Wohnung ist viel zu klein und die Gegend verrufen! Wir waren sprachlos. Diese Entscheidung, ohne die Wohnung überhaupt gesehen zu haben!

Es folgte ein kurzer, heftiger Familienaufstand. Und wir besichtigten die Wohnung.

Zugegeben, sie war klein, aber um einiges größer als unsere bisherige. Mit Plan und Metermaß machten wir uns mit dem mürrischen Vater auf den Weg.

Die ersten Eindrücke der Wohnungsumgebung waren gut. Unmittelbar an dem Flüsschen Dreisam gelegen, von Natur umgeben, eine Straße, an deren Ende sich zu beiden Seiten kleine Straßen anschlossen. Einzelhandelsgeschäfte waren in der Nähe, eine Apotheke ebenfalls, eine Straßenbahnhaltestelle zur Innenstadt – und eine katholische Kirche. Außerdem einige Kilometer entfernt von Haslachs Kern, dem verrufenen Teil. Wir waren zufrieden, Vater einsichtig. Die Stimmung wurde besser.

Zuerst überkam uns die Sensation bei der Besichtigung: Die Wohnung hatte ein Bad! Endlich war Duschen möglich, nicht mehr das unsägliche und auch schamhafte Planschen mit heiß gemachtem Wasser in einer Schüssel und der Küche. Das Herz hüpfte vor Freude. Für Vater war das offensichtlich nicht so wichtig, aber für uns anderen schon.

Dann folgte das Ausmessen der Wohnung und Überlegungen, wie wir sie mit unseren geringen finanziellen Mitteln einrichten könnten. Es ließ sich machen. Wiederum über Ratenzahlungen.

Für meine Schwester sollte es eine Bettcouch im Wohnzimmer geben, auf der sie nächtigen konnte. Ein eigenes Zimmer war nicht möglich. Wir zwei Jungen erhielten gemeinsam ein ebenfalls recht kleines Zimmer, die Eltern ein eigenes Schlafzimmer.

Ich schätze, um die 60 Quadratmeter bot die Wohnung für fünf Personen. Immerhin, mehr als bisher und vor allem alles neu. Wir sollten in einem richtigen Neubau wohnen. Unvorstellbar, Luxus pur! Eine deutliche Steigerung gegenüber der jetzigen Behausung. Wir alle wollten nun die Wohnung mieten. Nach jahrelanger, vergeblicher Wohnungssuche bekamen wir endlich ein Angebot, in dem sich menschenwürdig leben ließ.

Eigenartig. Ich kann mich an den Umzug nicht erinnern, obwohl ich 17 Jahre alt war. Ich hatte die Höhere Handelsschule mit Erfolg und der Mittleren Reife absolviert und eine Lehrstelle bei der Badischen Zeitung gefunden. Es ging bergauf!

Sieben lange Jahre, zwischen dem zehnten und siebzehnten Lebensjahr, waren sehr bewegt und unruhig. Vater stabilisierte sich langsam, fand nach einigen Aushilfsstellen endlich eine feste Anstellung im Augustinermuseum. Mutter dagegen wurde krank und kränker.

Ich muss etwa 12 Jahre alt gewesen sein, da jagte ich in panischer Angst an einem Heiligen Abend von Arzt zu Arzt. Wir und auch Nachbarn, zu denen ich hätte gehen können, hatten kein Telefon.

Auf dem Weg zu unserem Hausarzt klingelte ich an jedem Arztschild, das ich sah. Ohne Ergebnis. Es war Heiliger Abend. Die Türen blieben geschlossen. Wie in der Biblischen Geschichte. Bis sich schließlich ein Arzt mit wirrem Haarschopf und einem Aussehen wie ein zerstreuter Professor meiner erbarmte.

Ich erzählte ihm, dass meine Mutter mit starken Nierenschmerzen zuhause lag und flehte ihn an, nach ihr zu schauen. Ich befürchtete, Mutter müsse sterben. Warum sich mein Vater nicht auf den Weg machte, ist mir entfallen. Vielleicht wollte er seine kranke Frau und die kleineren Kinder nicht allein zuhause lassen.

Der Arzt versprach zu kommen. Ich rannte den Weg zurück. Er folgte mit dem Fahrrad und seiner Arzttasche.

Zuhause angekommen, trat er ans Bett meiner Mutter, öffnete seine Tasche, schickte uns Kinder aus dem Zimmer und untersuchte meine Mutter.

Mucksmäuschenstill warteten wir draußen, bis er herauskam, sich freundlich verabschiedete und wieder seines Weges zog. Er hatte Mutter eine Spritze verabreicht, die nach kurzer Zeit wirkte, und Vater gesagt, sie solle nach den Feiertagen dringend zum Hausarzt gehen, sie hätte eine Nierenkolik und vermutlich Nierensteine.

Seine Prognose wurde noch dadurch übertroffen, dass nicht allein die Nierensteine sie quälten, sondern zudem eine Schrumpfniere diagnostiziert wurde. Mutter kam ins Krankenhaus und wurde operiert.

Zum ersten Mal besuchten wir sie am Tag nach der Operation. Wir traten an ihr Bett. Ich spürte, wie mir schwindelig wurde. Vater erzählte mir dann folgendes:

In einem Glasröhrchen zeigte uns Mutter – die anderen Patientinnen taten desgleichen – ihre Nierensteine und informierte uns darüber, dass ein Teil der Schrumpfniere entnommen worden war. Als ich das hörte, klappte ich tonlos zusammen, fiel über das Bett und rutschte herunter. Wach wurde ich, als mir eine Schwester eine Flüssigkeit einträufelte.

Erst einige Tage später, als es Mutter sichtlich besser ging, besuchte ich sie erneut und überstand die Prozedur. Seit dieser Zeit machten wir uns um Mutter immer wieder Sorgen. Ihr Gesundheitszustand war labil. Sie sprach kaum darüber, litt aber darunter.

Das zog sich über Jahre hin, besserte sich niemals wieder ganz und war der Start für mich, zuhause kochen zu lernen. Es geschah fast unmerklich. Wenn Mutter krank im Bett lag, erledigten Vater und ich die Einkäufe. Er in der Mittagspause, ich nach dem täglichen Ende der Höheren Handelsschule, später dann in der Mittagspause der Badischen Zeitung, die zwei Stunden dauerte. Dort hatte ich – parallel zum Umzug – mit meiner Lehre begonnen.

Vater war von Beruf Koch und hatte auch während einiger Jahre, wenn Mutter von Putzstelle zu Putzstelle eilte, schon überwiegend das Kochen übernommen.

Ich lernte durch Zuschauen und Mithelfen. Insofern war ich auch weit entfernt vom später heiß in der Öffentlichkeit diskutierten Rollenverständnis der Geschlechter. Ich habe es nie kennengelernt. Das sollte mir in meinem Leben noch sehr zugute kommen.

Jeden Abend besprachen wir den nächsten Tag. Die kleineren Geschwister nahmen meistens daran teil und äußerten ihre Wünsche, die auch soweit wie möglich berücksichtigt wurden. Das hatte allerdings seine Grenzen. Die durchgängig von meiner Schwester Ursula geäußerten süßen Sehnsüchte nach Pudding, Gries- und Reisbrei, nach Kuchen und anderen Leckereien waren zu viel des Guten.

Oft kochten wir abends vor, um mittags nicht hetzen zu müssen. Außerdem wollte ich schon während meiner Lehrzeit einen kurzen Mittagsschlaf machen. Bis heute ist mir das ein Bedürfnis.

Eine halbe Stunde reicht völlig aus. Taufrisch sozusagen starte ich dann in den zweiten Teil des Tages.

In all den Berufsjahren habe ich das weitgehend durchgehalten, eingeschränkt allerdings während meiner vielen Geschäftsreisen. Zugute kommt mir, dass ich in fast jeder Situation schlafen kann. Das rechtzeitige Aufwachen ist bis heute kein Problem. Ich stelle gewissermaßen meine innere Uhr und wache automatisch auf. Sehr selten nur geht das schief.

Der Schwerpunkt meiner Kinderarbeit lag zwischen dem zehnten und vierzehnten Lebensjahr, begann in der Wäscherei, führte in eine Buchdruckerei. Schließlich landete ich während meiner Zeit in der Höheren Handelsschule beim wöchentlichen Zeitungsaustragen und bei anderen Aufgaben.

Ein Beispiel ist der vom Opa geerbte Garten. Vater hatte die Funktion als Bademeister und war den Sommer über vom frühen Morgen bis zum Abend im Freiburger Strandbad beschäftigt. Mutter hielt von Gartenarbeit nicht viel. Sie war ihr zu anstrengend. Also blieb sie – ich war 14 Jahre alt – an mir hängen.

Nach relativ kurzer Zeit ging sie allerdings ihrem Ende entgegen. In Freiburg wurde gebaut, und das große Areal der Kronenmatte, wo unser Garten lag, sollte eines der Neubaugebiete werden. Alle Kleingärten mussten eingeebnet werden. Fassungslos standen wir vor dieser Tatsache, gegen die wir nichts unternehmen konnten. Wir verloren unseren geliebten Garten.

Andere Gebiete wurden als Ersatz angeboten. Meine Eltern griffen zu, ohne geklärt zu haben, wer die Gartenarbeit machen sollte. Ich war in der Hauptsache der Leidtragende. Das Anlegen des Gartens und den Bau des Gartenhäuschens (ein Schuppen für die Geräte) übernahm Vater. Er half auch weiterhin, sofern er Zeit dafür erübrigen konnte. Viel war es nicht.

Nach einem Jahr hatte ich die Nase voll, setzte mich massiv zur Wehr und lehnte die weitere Gartenarbeit ab. Ich war einfach überfordert und fühlte mich allein gelassen. Meine Eltern hatten das wohl begriffen und gaben die Pacht weiter. Interessenten gab es genug.

Opa hatte uns den Garten gegeben, weil ihm die Arbeit zu mühselig geworden war und er zudem davon ausging, nicht mehr lange zu leben. Er wollte nicht mehr. Oma war seit vielen Jahren tot. Ich kann mich nicht an sie erinnern. Allein zu leben war Opas Sache nicht.

Das bemerkten wir, als er sich zu einer Operation entschloss. Er hatte einen Kropf, seinerzeit eine weitverbreitete Krankheit aufgrund des Jodmangels, unter dem viele Menschen litten. Als ihn sein Arzt an das Krankenhaus überwiesen hatte, ließ Großvater verlauten, dass er hoffe, die Operation nicht zu überleben. Es war die einzige Möglichkeit für ihn, den Katholiken, aus dem Leben zu scheiden. Wenn es so sein sollte, war das Gottes Wille.

Opa überstand diese schwierige Operation tadellos, wurde entlassen und lebte noch etliche Jahre.

Mir wird bewusst, dass ich über seine alten Tage kaum etwas weiß. Auch nicht, ob er sie bei einer seiner Töchter zubrachte, allein in einer Wohnung oder im Altersheim. Bekannt ist mir lediglich, dass er fast täglich das Grab seiner Frau besuchte. Sie hatten insgesamt 18 Kinder, von denen allerdings zehn kurz nach der Geburt oder als Kleinkinder starben.

Die Kindersterblichkeit war sehr hoch. Auch viele Frauen überlebten die Geburt nicht. Sie starben im Kindbett. „So lange, bis der Tod euch scheidet" hatte auch früher nicht automatisch die Bedeutung vieler Jahrzehnte.

Die heutigen Patchwork-Familien gab es schon damals. Nicht bedingt durch Ehescheidungen oder die Trennung von Partnerschaften, sondern durch Krankheiten und frühen Tod oder Kriege.

Ich schwimme gerne. Bis heute. Am liebsten in Weihern und Waldseen, aber natürlich auch im warmen Mittelmeer. Wann immer es die Zeit erlaubte, fuhr ich mit dem Fahrrad zum Strandbad, in dem mein Vater arbeitete. Ich hatte eine Dauer-Freikarte und dadurch sofortigen Eintritt, musste mich nicht in die lange Warteschlange einreihen und genoss das sehr.

Nach dem Eintritt ging es weiter mit den Vorteilen. Ich konnte mich auf die Hochterrasse über den Einzelkabinen für das Umkleiden legen. Oft war auch ein Liegestuhl frei.

Eines Tages, ich lag auf meinem Badetuch am Rande der Terrasse und blickte nach unten, sah ich zu meiner größten Verblüffung eine Frau, die sich in einer der Kabinen im Erdgeschoss, die nach oben offen waren, langsam auszog, bis sie nackt unter mir stand, ehe sie in den Badeanzug schlüpfte.

Still wie das Meer betrachtete ich sie. Eine Sensation, die ich hier per Zufall entdeckt hatte.

Seit diesem Tag nahm ich, so oft es ging, oben Platz, um mir den Anblick nackter Frauen nicht entgehen zu lassen, die nicht bemerken, dass sie von einem Jungen betrachtet wurden. Aufregend, aufregend und ständig der Reiz des Verbotenen.

Zum ersten Mal verliebt habe ich mich dann während meiner Lehrzeit bei der Badischen Zeitung. Antonia, genannt Toni, war bereits ein Jahr in der Ausbildung zum Verlagskaufmann, als ich ihr in der Abonnementabteilung, meinem ersten Arbeitsplatz, begegnete. Von einer Minute zur anderen war ich in sie verknallt.

Und dann musste ich fast täglich die Telefongespräche mit ihrem festen Freund Jörg miterleben. Ich wurde fast wahnsinnig vor Eifersucht, hatte sie gleichzeitig aber derartig unter Kontrolle, dass Toni nichts bemerkte.

Das hat sie mir Jahre später bestätigt, wenngleich ihr schon klar war, dass ich einen Blick auf sie geworfen hatte – wie man damals sagte.

Fast regelmäßig holte Jörg Toni zum Feierabend ab. Ich verließ um die gleiche Zeit das Verlagsgebäude. Jörg wartete mit seinem Fahrrad auf Toni, sie begrüßten sich mit Küsschen. Erneut befiel mich der Schmerz, dass ich nicht an seiner Stelle war.

Ein Betriebsfest brachte eine kurze Wende. Beim Eintreffen begegneten wir uns und Toni fragte, ob ich mit ihr tanzen würde. Nichts lieber als das.

Wir tanzten die halbe Nacht miteinander und traten gemeinsam den Heimweg an. Ich schwebte auf Wolken, umarmte und küsste sie schließlich. Ohne jegliche Gegenwehr ließ sie es geschehen, ja, war sogar dabei aktiv. Bei einem langen Zungenkuss rutschte sie plötzlich mit lautem Stöhnen durch meine Arme, stand verwirrt wieder auf.

Ich war völlig verblüfft, wagte aber nicht zu fragen, was passiert war. Vor ihrer Haustür folgte dann die Verabschiedung, erneut mit langen, innigen Küssen.

Benommen ging ich meinen Weg nach Hause. Viel später bekam ich dann das Gefühl, dass Toni einen Orgasmus erlebt hatte.

Aber nichts änderte sich. Toni wurde mit Küsschen abends von Jörg begrüßt. Ich litt und buhlte nicht um sie.

Eines Tages war Jörg nicht mehr zu sehen und Toni öfter gedrückter Stimmung. Schließlich erfuhr ich die Neuigkeit, dass Jörg mit Tuberkulose in ein Lungensanatorium eingeliefert worden war und es wohl Monate bis zu seiner Genesung dauern würde. Einerseits war dies ein Schock, gleichzeitig spürte ich Erleichterung, der ein schlechtes Gewissen folgte.

Die Moral brach sich Bahn. Gegen einen Kranken kämpfte man nicht. Das war unmoralisch und unfair. Und dabei beließ ich es, in tiefer Sehnsucht nach Toni.

Einige Zeit nach Beendigung der Ausbildung trennten sich unsere Wege, ich verlor Toni aus den Augen. Sie wechselte den Verlag und fand in Basel eine neue Anstellung.

Jahrzehnte später nahm ich, durch einen Zufall animiert, den Kontakt zu ihr auf. Bei dieser Begegnung in Freiburg und dem Austausch von Erinnerungen bemerkte Toni, dass ich „freie Fahrt" gehabt hätte. Die Beziehung zu Jörg stand ohnehin vor dem Ende. Bei all ihrer Vitalität war ihr sein ständiges Verlangen nach Sex zu viel des Guten gewesen. Dieses Bedürfnis schien nach ihrer Aussage mit seiner Krankheit zusammenzuhängen.

So bin ich mit offenen Augen, wehem Herzen und einer katholisch verqueren Moral, die ich zwar innerlich bekämpfte, von der ich mich aber damals noch nicht befreien konnte, an meiner ersten Liebe vorbeigelaufen.

Aber wie das oft so ist in jungen Jahren: Die zweite Liebe folgte der ersten ziemlich auf dem

Fuß. Sinne und Sinnlichkeit waren gänzlich erwacht.

In diese Zeit fiel die Nachricht, dass ich wie viele andere zur Bundeswehr eingezogen werden sollte. Zunächst erhob die Badische Zeitung Einspruch und argumentierte, ich sei für die Zeitung unverzichtbar. Abgelehnt!

Daraufhin überlegte ich: Wie konnte ich es schaffen, mich auf anderem Wege vor der Bundeswehr zu drücken? Wehrdienstverweigerer wollte ich nicht werden. Das Ergebnis war zu unsicher. Ich hörte von vielen, die es versucht, aber nicht geschafft hatten.

Etliche meiner Schulkameraden und -freunde meldeten sich als Zeitsoldaten freiwillig, mussten nicht zwölf, sondern achtzehn Monate dienen, erhielten aber mehr Sold und nach der abgedienten Zeit eine erhebliche Summe Abfindung.

Das war nicht mein Ding. Ich hatte keinerlei Ambitionen, zur Bundeswehr zu gehen, Soldat zu werden. Dafür saß mir denn doch der Krieg zu sehr in den Knochen, obwohl ich ihn nur als Kind erlebt hatte.

Mit sehr gemischten Gefühlen hatte ich auch den Aufbau der Bundeswehr wahrgenommen. Es schien allerdings kein Weg daran vorbei zu gehen wegen des Kalten Krieges und der eisigen Ost-West-Beziehungen. Eine Idee reifte.

Ich sprach mit meinem Hausarzt, der unsere Familie seit vielen Jahren betreute. Er kannte auch meine Sensibilität, wenn es um Mutter ging. Ich hatte es ihm gegenüber einmal so formuliert, dass ich umkippte, wenn es Mutter schlecht ging. Er gab mir für die Bundeswehr einen Befund über neuro-vegetative Störungen und der Einschätzung, ich sei aus diesem Grund nicht für die Bundeswehr geeignet. Dieses Attest ging per Einschreiben an das Kreiswehrersatzamt.

Eines Tages wurde ich zur Musterung einbestellt und untersucht. Dann stand ich vor einem Gremium aus zivil gekleideten Herren und Soldaten. Ergebnis: Tauglichkeitsgrad 2 und damit für den Wehrdienst geeignet.

Ich traute meinen Ohren nicht, holte meine Einschreibe-Quittung aus der Tasche und meinte, das könne nicht sein, ob sie den Befund meines Hausarztes berücksichtigt hätten.

Staunen ihrerseits, dann Verneinung.

Ich trat nach vorne und reichte dem Vorsitzenden die Quittung.

Unruhe! Unterbrechung! Danach Fortsetzung der Sitzung.

Sie hatten den Befund offensichtlich gefunden. Keine Äußerung des Bedauerns von ihrer Seite. Sie teilten mir lediglich lapidar mit, ich sei auf Ersatzreserve vier gestuft worden und bräuchte keinen Wehrdienst zu leisten.

Ich atmete tief auf; höchste Erleichterung machte sich in mir breit und diebische Schadenfreude. Geschafft. Ich konnte ohne Unterbrechung weiterhin bei der Badischen Zeitung arbeiten.

In die Jugendzeit fallen die stärksten Berührungspunkte mit den Verwandten. Welche Macht sie ausübten oder ausüben wollten, zeigte sich deutlich an ihren Verhaltensweisen, auch wenn mit Sicherheit vieles unbewusst ablief. Einige Beispiele:

Großes Erstaunen allerseits, als Mutter Vater kennenlernte. So hatten sich das offensichtlich die meisten Verwandten nicht gedacht. Ein Mann kommt daher, ein Schwerbeschädigter, arbeitslos, dazu noch elf Jahre jünger als Mutter. Welch ein Unglück!

Sie bearbeiteten Mutter indirekt, die Hände von ihm zu lassen, sich wieder von ihm abzuwenden. Mit geschickten Fragen zum Beispiel danach, wie um alles in der Welt er denn eine Familie ernähren wolle? Dass man nichts über seine Familie wisse.

Positive Dinge spielten keine Rolle. Dass er als junger Mann die Verantwortung für zwei Kinder mit übernehmen wollte, dass er ständig auf Stellensuche war und sich mit seiner Arbeitslosigkeit nicht abfinden wollte. Auch Auskünfte über seine Familie änderten nichts an der starren, ablehnenden Haltung. Am stärksten von denen, die selber „Dreck am Stecken" hatten, wie wir sagten.

Tante Anni war ein solcher Fall. Wir nannten sie „Giftzwerg". Einhundertfünfzig Zentimeter hoch, sprühte sie Gift und Galle, wo immer sie auftauchte. Später stellten wir fest, dass sie zu Männern ein sehr gestörtes Verhältnis hatte, wohl zurückgehend auf ihr eigenes Schicksal und ihre uneheliche Tochter Brigitte, meine Cousine.

Anni arbeitete bei der Deutschen Bank als Hilfskraft im Keller und betreute die „Adrema", die maschinelle Adressenspeicherung für Formbriefe und Drucksachen.

Sie ließ ihre Tochter von Tante Maria, einer herzensguten, ledigen Frau erziehen, die ihren Lohn mit Halbtagsarbeit als Büglerin verdiente. Anni kümmerte sich kaum um ihre Tochter. Sie wuchs bei Maria und weitgehend bei uns auf, da wir in nächster Nähe wohnten.

Vielleicht war Anni aufgrund ihrer Enttäuschung so bösartig geworden. Ich habe sie nie freundlich erlebt. Es war ganz erstaunlich. Anni brauchte sich nur eine kurze Zeit mit jemandem zu unterhalten, schon bekam sie Streit.

Ein weiteres Beispiel war das Verhalten einer zweiten Schwester von Mutter, Tante Gertrud. Sie hatte drei Kinder, einen Sohn Richard und die beiden Töchter Marta und Ilse. Eine gleichermaßen faszinierende wie unheimliche Familie. Rudi, ihr Ehemann, war Uhrmacher von Beruf, hatte auch eine kleine Werkstatt mit Verkaufsraum. Ob der Laden etwas abwarf und die Familie ernähren konnte, wusste ich nicht. Was wir hingegen wussten: Rudi spielte hervorragend Schlagzeug und Saxophon in den Freiburger Casinobetrieben. Das war wohl seine Haupteinnahmequelle.

Zuhause führte er ein strenges Regiment. Uns war bekannt, auch aufgrund der Erzählungen Tante Gertruds, dass er häufig gegenüber seinen Töchtern handgreiflich wurde. Wir fanden es grausam und bedauerten die beiden, die, sobald sie ihren Vater sahen, ängstlich waren.

Rudi war als stadtbekannter Schläger gefürchtet, auch bei den Franzosen. Eines seiner liebsten Spielchen vor unseren Augen war das Fallenlassen eines Messers mit spitzer Klinge auf seinen muskelbepackten Oberarm. Das Messer sprang ab.

Ich war tief beeindruckt. Gleichzeitig war es mir unheimlich. Das Tüpfelchen auf dem i waren seine blinkenden Goldzähne.

Und Rudi meinte, dass Mutter sich den falschen Mann gesucht habe, einen Waschlappen in seinen Augen. Tante Gertrud schloss sich dieser Meinung an.

Mutter und Vater waren anfangs konsterniert, fingen sich jedoch wieder. Vater hatte einen schweren Stand angesichts dieser massiven verwandtschaftlichen Vorbehalte. Die Konflikte wurden nicht direkt und offen ausgetragen. Die Ressentiments wurden versteckt geäußert und landeten bei uns auf Umwegen.

Mutter reagierte auf die einzig richtige Art. Sie stellte die Leute direkt zur Rede. Damit hatten diese nicht gerechnet und waren völlig überrascht, wussten nicht mit dieser ungewöhnlichen Art der

Konfliktbearbeitung umzugehen. Aber es dauerte Jahre, ehe ein Wandel eintrat.

Er zeichnete sich erst ab, als Vater eine feste Anstellung gefunden hatte und der Weg langsam, aber sicher bergauf ging. Die Atmosphäre änderte sich. Die Lauten wurden leise und verstummten schließlich ganz. Offensichtlich hatten sie Mutters Entscheidung akzeptiert und Vaters Qualitäten erkannt.

Tante Elfriede, eine weitere Schwester meiner Mutter, in der Drei-Flüsse-Stadt Passau lebend, war von diesen Turbulenzen und Konflikten weitgehend unberührt. Sie war mit Onkel Josef, Peps genannt, verheiratet und hatte drei Kinder: Monika, Günter und Franzl. Sie hatte „es gut erwischt", wie wir zu sagen pflegten. Gemeint war ihre Verheiratung mit Onkel Peps aus einer alten, begüterten Passauer Familie mit dem Namen Köck.

Peps hatte ein Stück Donau geerbt. Mir war völlig unbekannt, dass derartiges möglich war. Für dieses Stück, einige Kilometer, konnte er Angelrechte bzw. -scheine vergeben, desgleichen für die Ilz, den kleinen Nebenfluss der Donau. Davon hatte er eine große Strecke gepachtet.

Darüber hinaus war er Miteigentümer einiger Donau-Ausflugsdampfer, die von festen Anlegestellen Touristen von der „Seeseite" diese schöne Stadt zwischen den drei Flüssen Donau, Ilz und Inn zeigten. Seinen Hauptberuf übte Peps indes als Oberamtmann bei der Stadtverwaltung aus.

Tante Elfriede, eine große, stattliche Frau, lebte mit ihrer Familie im „Unterhaus", der Passauer Burg an der Landzunge, die als wehrhafte Spitze aus früheren Zeiten an der Stelle lag, wo sich die drei Flüsse zur großen, breiten und mächtigen Donau vereinigten. Ein faszinierendes Bild.

Vom Unterhaus führte ein offizieller Weg zum Oberhaus auf dem Hügel. Außerdem ein unterirdischer Gang, der bei Belagerungen der Stadt benutzt wurde und noch intakt war.

Meine Cousine Brigitte und ich besuchten die Köcks, als wir etwa 15 Jahre alt waren. Wir hatten eine Einladung von Tante Elfriede und Onkel Peps erhalten. Mutter war nunmehr seit acht Jahren mit meinem Vater Gerhard verheiratet und bei den beiden auf keinerlei Vorbehalte gestoßen. Von Anfang an begegneten sie Vater freundlich. Äußerst wohltuend für uns alle.

Und so machten Brigitte und ich uns auch mit großer Freude auf den Weg in diese niederbayrische Stadt, vorsorglich angemeldet bei der Bahnhofsmission, die uns betreuen sollte. Es wurde eine Fahrt mit Hindernissen. Wir mussten in Ulm umsteigen und nutzten die längere Pause für einen Besuch des Ulmer Münsters.

Frühzeitig erreichten wir wieder den Bahnhof und stiegen in den Zug. Von der Bahnhofsmission war weit und breit niemand zu sehen.

Im Abteil sitzend wurde ich stutzig. Etliche andere Fahrgäste blätterten in Venedig-Prospekten oder in italienischen Reiseführern. Eigenartig, fand ich, und wurde unruhig. Schließlich fragte ich einen Priester, der uns gegenüber saß, wohin der Zug fahre. Nach Italien, war seine Antwort. Der Panik nahe, packten wir unsere Sachen und stiegen aus, suchten das richtige Gleis und saßen schließlich im richtigen Zug.

Große Erleichterung und später eine abenteuerliche Story, die wir sowohl den Passauer Verwandten als auch zuhause erzählen konnten. Was wir auch taten!

Unsere Ferien bei Tante Elfriede und Onkel Peps waren einfach schön und ein Erlebnis. Es wurde gemunkelt, dass Herr Brunner, der Eigentümer der

Burg, bisher vergeblich nach einem Schatz suchte, der im Niederhaus vermutet wurde.

Dann waren da die Möglichkeiten, die wir aufgrund unserer „reichen Verwandten" besaßen: Kostenlose Fahrten auf den Ausflugdampfern. Und Fahrten in den sogenannten Zillen, ähnliche Boote wie die Gondeln in Venedig. Langgezogen, mit drei Querbänken versehen und mit Stechrudern ausgestattet. Hinten im Boot stehend, ruderte und steuerte man. Im Sitzen ließ sich das mit einem kleineren Ruder ebenfalls bewerkstelligen.

Eine richtige Fähre zum Übersetzen gab es auf der Ilz, mit einer Anlegestelle unweit der Burg.

Eine Schwester unseres Onkels war die Fährfrau, ihr Name war Nanno. Eine alte, grauhaarige Frau von schlanker Gestalt, mit kräftigen Armen und wettergegerbtem Gesicht. Freundlich, aber wortkarg. Immer schwarz gekleidet.

Tag für Tag setzte sie jeden, der den Fluss überqueren und nicht eine lange Strecke bis zur nächsten Brücke zu Fuß zurücklegen mochte, über. Ruhig, aufrecht im Boot stehend, ruderte sie gegen eine geringe Gebühr von einem Ufer zum anderen.

Etwa jeden zweiten Tag erlebte ich etwas Besonderes, nie zuvor und nie mehr danach: Fischfang mit Onkel Peps auf Donau und Ilz. Es war aufregend. Abends legten wir die Köder aus, kleine Brotstückchen an Haken, viele an einer langen Leine. Peps hatte alles schon vorbereitet, ehe ich zu ihm ins Boot stieg. Beim leisen Plätschern des Wassers fuhren wir mit der Zille eine bestimmte Wasserstrecke ab, die mein Onkel genau kannte. Die Haken mit den Ködern an der langen Leine glitten ins Wasser. In bestimmten Abständen waren kleine Korkbälle befestigt. Sie blieben an der Wasseroberfläche und zeigten exakt den Verlauf der versenkten Angelhaken an.

Am ersten Tag erklärte mir Onkel Peps die Einzelheiten. Ansonsten wurde kein Wort gesprochen. Diese Abendstimmungen habe ich bis heute nicht vergessen.

Am nächsten Morgen in aller Frühe fuhren wir die Strecke entlang, holten die Leine mit den Fischen an den Angelhaken aus dem Wasser. Ich war der faszinierte Zuschauer, der Fischer Peps der Handelnde. Er nahm die Fische vom Haken und warf sie in einen mit Wasser gefüllten Holzbottich. Nachdem die Angelleine komplett eingeholt und alle Fische im Bottich verschwunden waren, ruderten wir zurück und brachten den Fang in den Steingewölbekeller der Burg.

Aus dem Fels sprudelte eine natürliche Quelle in ein großes Steinbassin. Es war mit lebenden Fischen aus mehreren Tagesfängen gefüllt, die von den Nachbarn der umliegenden Häuser gekauft wurden.

Hier in Passau lernte ich zu schätzen, wie herrlich gut zubereiteter Fisch schmecken kann. Tante Elfriede war eine ausgezeichnete Köchin. Onkel Peps hatte eine zweistündige Mittagspause und nur einen kurzen Weg von seinem Arbeitsplatz nach Hause. Jeden Mittag traf sich die ganze Familie bei Tisch.

Brigitte und ich lernten eine weitgehend andere Küche kennen als zuhause. Fischgerichte, die wir noch nie gegessen hatten, ja nicht einmal wussten, dass es sie überhaupt gab. In unterschiedlichen, herrlichen Soßen und Marinaden. Das gleiche galt für andere Speisen. Zum ersten Mal in meinem Leben aß ich mit Hackfleisch gefüllte Paprikaschoten ungarischer Art, Szegediner Gulasch, österreichische Nockerl, Kaiserschmarrn und andere Süßspeisen.

Gegen Ende der Ferien schlug Manfred, Sohn des Burgbesitzers Brunner, eine abendliche Fahrt im Ruderboot vor. Es sollte eine Überraschung geben. Wir staunten nicht schlecht, als wir sahen, welcher Art sie war.

Manfred hatte einen Koffer-Plattenspieler mit Schallplatten im Boot platziert und an zwei Stangen Lampions befestigt. Günter, mein Cousin, saß hinten im Boot und ruderte, Manfred saß vorne und legte Platten auf, Brigitte und ich in der Mitte. Es kam uns vor wie eine Gondelfahrt in Venedig. Wir hörten uns italienische Schlager an. Hochromantisch, bis in die Nacht hinein.

Die großen Ferien gingen ihrem Ende entgegen, unser Aufenthalt in Passau ebenfalls. Es folgte ein wehmütiger Abschied. Die Heimfahrt verlief ohne Zwischenfälle.

Ich hatte erlebt, wie sorglos eine finanziell gut gestellte Familie lebte, aber nie damit protzte. Fortan hatte ich besonders zu Tante Elfriede und zu Günter ein gutes Verhältnis. Briefe gingen hin und her. Ein Jahr später besuchte uns die ganze Familie in Freiburg.

Eine weitere Schwester meiner Mutter war Tante Hildegard. Sie war das, was man früher eine alte Jungfer nannte. Wir alle waren davon überzeugt, dass sie ihr Leben sozusagen Gott geweiht und mit Männern keinerlei Berührung hatte. Fromm und gottesfürchtig war ihr Leben. Frühmorgens führte sie ihr täglicher Gang ins Freiburger Münster zur Heiligen Messe. Sie musste nur wenige Minuten gehen, denn ihr Arbeitsplatz war im Hotel Bären, einem sehr guten, historischen Hotel und Restaurant in der Salzstraße, ausgezeichnet als ältestes Gasthaus Deutschlands. Nach ihrem stillen Gebet begann ihr Arbeitstag.

Sie hatte sich als Kinderschwester und Erzieherin ausbilden lassen. Immerhin. Und in der damaligen Zeit war das keineswegs eine Selbstverständlichkeit.

Eine honorable Stelle hatte sie in einem der besten Häuser Freiburgs gefunden. Bei „den Riethmüllers", einer regelrechten Dynastie im Hotelgewerbe. Tante Hildegard erzog die Kinder der Familie und hatte bis zu ihrem Tod Bleiberecht.

Die Kinder waren längst Erwachsene. Sie war eine liebenswürdige, verständnisvolle und aufrichtige Frau, die wir Kinder sehr gerne mochten. Wir freuten uns auf ihre Besuche auch deshalb, weil sie bei der Verabschiedung in ihrer Geldbörse kramte und jedem von uns eine Münze gab.

Soweit die sehr unangenehmen, lieblosen Reaktionen zweier Schwestern meiner Mutter, die gottlob etwas kompensiert wurden durch die Passauer und Tante Hildegard. Sie ist in hohem Alter mit über 90 Jahren gestorben. Damals noch sehr ungewöhnlich. Mit 70 Jahren galten die Menschen als alt, mit 80 als uralt, 90 und darüber galt als biblisches Alter.

Anders dagegen die Verwandten meines leiblichen Vaters.

Onkel Erwin war mit seiner Familie aus Oberschlesien nach Freiburg gezogen, als Vater sich hier niedergelassen hatte. Onkel Hieronymus, Ronny genannt, der zweite Bruder, kam ebenfalls. Allein. Es war nach dem ersten Weltkrieg.

Vater war nach seiner Handverletzung, die ihm den Beruf des Kunstschlossers unmöglich machte, gar nicht erst in die Region um Kattowitz/Königshütte in Oberschlesien zurückgekehrt. Er war zunächst in Karlsruhe, dann in Freiburg sesshaft geworden und hatte seine Brüder über die Möglichkeiten informiert, die sich beruflich boten. Nur weg aus Oberschlesien hieß das Motto, dieser Region, die ständig zwischen Deutschland und Polen hin- und hergeschoben wurde; ähnlich wie das Elsass zwischen Frankreich und Deutschland.

Onkel Ronny fand seine Frau, Tante Lina, dann in der neuen Heimat. Sie sprach Alemannisch, er ein raues Deutsch. Onkel Ronny war ein strenger Mann. Er flößte mir manches Mal Angst ein. Tante Lina hingegen hatte mich wohl in ihr Herz geschlossen. Wenn ich sie besuchte, reichte sie mir jedes Mal Leckerbissen. Selbsteingemachte Gewürzgurken (Essiggurken) und Marmelade vom Obst des eigenen Gartens. Oft aß ich bei ihnen auch zu Mittag. Er verdingte sich als Straßenbauarbeiter bei der Stadt Freiburg und reparierte Straßenbahngleise.

Von Onkel Erwin ist mir lediglich in Erinnerung geblieben, dass er am Wochenende den Fahrradparkplatz am Augustinermuseum bewachte. Sicherlich war er schon in Rente. Hin und wieder besuchte ich ihn. Onkel Erwin mochte ich sehr. Hier war es umgekehrt: Seine Frau, Tante Liesel, war die Strenge – und eine ernsthafte Frau. Sie sprach anfangs ebenfalls nur gebrochen Deutsch. Später besserte sich das.

Erwin war ein heiterer und sehr musikalischer, auch freigiebiger Mensch. Er sang viel und spielte im Kreis seiner Familie Mandoline und Ziehharmonika.

Zu meiner größten Überraschung und Freude schenkte er mir eines Tages beide Instrumente. Er hatte mich auf meiner Mundharmonika spielen gehört. Sie hatte ich mit sechs Jahren von meinen Eltern zu Weihnachten geschenkt bekommen. Sofort hatte ich angefangen zu üben und nach kurzer Zeit konnte ich die ersten, einfachen Kinderlieder spielen. Das Musizieren auf diesem kleinen, harmlosen Volksinstrument entwickelte sich zu meiner Leidenschaft. Später kaufte ich mir eine „Chromatische" und spielte auch auf privaten kleinen Feiern.

Auf die gleiche Weise lernte ich nun das Spielen auf der Ziehharmonika. Ohne Noten, nach Gehör.

Die Mandoline hat Jahrzehnte überstanden. Sie ist älteren Datums und wunderschön. Ihr kann ich allerdings keine Melodien entlocken, habe es seltsamerweise auch nie probiert.

Die Besuche bei Onkel Erwin und seiner Familie glichen oft einem Abenteuer. Sie wohnten in einem kleinen Häuschen, sogenannte Behelfshäuser, die nach dem Krieg als Notunterkünfte gebaut wurden; zwar aus Stein, aber die Notunterkunft sah man ihnen an. Am Haus gab es einen Holzschuppen und einen kleinen Garten für Gemüse im Selbstanbau.

Onkel Erwin und Tante Liesel hatten eine Tochter und zwei Söhne: Gretel, Heinrich und Norbert. Norbert ist als junger Mann mit Mitte 30 an einem Hirntumor gestorben.

Meine Cousins waren große Bastler und sehr gute Handwerker mit technischem Verstand. Wann immer ich sie besuchte, standen Motor- und Fahrräder neben dem Schuppen. Die Reparaturen wurden in Eigenarbeit durchgeführt. Vielleicht haben sie damit auch einen kleinen Handel betrieben. Als ich 17 Jahre alt war, schenkte mir Heinrich eine gebrauchte und mehrfach reparierte Göricke, ein Motorrad mit 50 ccm, das ich ohne Führerschein fahren durfte. Die Erlebnisse mit diesem Vehikel waren allerdings erbärmlich. Irgendetwas stimmte mit der Kurbelwelle und den Zündkerzen nicht. Ich führte deshalb immer Schraubenschlüssel und Drahtbürste mit, um die Zündkerzen schnell herausschrauben und säubern zu können.

Eines Tages lud ich meine Mutter ins Kino ein. Wir schwangen uns aufs Motorrad und fuhren los.

Nicht weit allerdings, dann fing das klapprige Ding an zu stottern. Anhalten. Absteigen. Nachsehen. Drahtbürste herausholen, Zündkerze ebenfalls. Sie war wieder feucht geworden. Trocken gerieben, eingebaut. Wir fuhren erneut los.

Wieder nicht weit. Erneutes Absteigen …

Mutter hatte die Nase voll und ging den Rest des Weges zu Fuß. Ich fuhr alleine weiter. Wir trafen uns dann am Kino und sahen uns den Film an.

Nach einem weiteren ähnlichen Erlebnis während einer Ferienfahrt mit meinem Freund Dieter an den Bodensee war auch ich bedient.

Wieder zuhause, schoben Vater und ich die Maschine mit Plattfuß zum Schrotthändler. Ich hatte Vater im jugendlichen Übermut und in der Hoffnung auf ein gutes Geld die Hälfte davon für seinen Hilfsdienst angeboten. Schlichte 30 Deutsche Mark drückte uns der Händler in die Hand. Vater verzichtete auf seinen Anteil.

Meine motorisierte Zeit war zu Ende. Ich stieg wie gehabt auf das Fahrrad um.

In der Abschlussklasse der Volksschule war ein Berufsberater angekündigt. Er kam, sah und siegte – jedenfalls bei mir. Offensichtlich hatte er sich gut vorbereitet.

Nach einem Vortrag darüber, dass wir jetzt die Weichen für unser späteres Berufsleben stellen würden, nahm er sich zuerst die Klassenbesten vor. Dazu gehörte ich.

Er empfahl mir dringend den Besuch der Höheren Handels- oder Wirtschaftsoberschule mit der späteren Einstiegsmöglichkeit in ein Studium. Allerdings nur für Volks- oder Betriebswirtschafslehre. Alles andere war den Gymnasiasten vorbehalten.

Ich war wie elektrisiert und hoffte nur, meine Eltern würden das akzeptieren, denn es bedeutete drei Jahre keinen Verdienst und demzufolge keine Einnahmen für die Familie. Immerhin, diese Chance gab es also noch für mich.

Ein Lichtblick, denn ich wusste seit Jahren, dass ich nicht bei handwerklichen Arbeiten landen wollte. Dafür war ich völlig unbegabt und mein Interesse lag bei Null. Ich wollte „aufs Büro", so die etwas diffuse Vorstellung.

Ich sprach mit meinen Eltern. Sie legten mir keinen Stein in den Weg, sondern ermunterten mich. Ich barst schier vor Freude und meldete mich sofort für die Aufnahmeprüfung der Höheren Handelsschule an. Die Wirtschaftsoberschule mit anschließendem Studium kam für mich bei den begrenzten Studienmöglichkeiten nicht in Betracht. Es waren Fächer, die mich nicht interessierten.

Die Höhere Handelsschule musste von Volksschülern drei Jahre besucht werden, das erste Jahr nannte sich Vorklasse. Hatte man diese mit guten Zensuren absolviert, wurde man übernommen in die Klassen, die mit Gymnasiasten gebildet worden waren. Deutsch, Geschichte, Französisch, Maschineschreiben und Stenografie waren meine Glanzfächer. Mit 14 ging es an den Start, mit 17 hatte ich die Mittlere Reife in der Tasche.

Selig ging ich den nächsten Schritt an: Die Suche nach einer Lehrstelle war kurz und abenteuerlich.

Mutter wollte mich beim Finanzamt unterbringen. Mein leiblicher Vater war dort mit einer Karriere gestartet, ehe er tödlich verunglückte. Für Mutter war das Wichtigste die Sicherheit beim Staat. Mir stellten sich die Haare auf! Jahrzehnte in Staatsdiensten mit einer voraussehbaren Entwicklung bis ins Detail und ohne Bezug auf die eigene Leistung.

Ich hatte mich genau erkundigt. Obersekretär war die höchste Stufe, die ich mit der Mittleren Reife erreichen konnte. Danach aber fing es überhaupt erst an, spannend zu werden: Inspektor, Oberinspektor, Amtmann, Oberamtmann, Regierungsrat, Oberrat, Ministerialdirigent, Ministerialdirektor, Staatsrat. Alles verbaut, auch nicht möglich bei herausragenden Leistungen. Sie zählten nicht.

Ich erklärte das meiner Mutter und bewarb mich nicht beim Finanzamt. Das war für mich indiskutabel.

Einen Bewerbungsversuch startete ich meiner Mutter zuliebe. Das Regierungspräsidium Südbaden hatte etliche Ausbildungsstellen im Angebot. Ich bewarb mich für ein Vorstellungsgespräch – und wurde angenommen. Bei der Prüfung allerdings stellte ich dem Gremium offensichtlich unangenehme Fragen, weshalb ich dies und jenes beantworten solle, wozu das später wichtig sei.

Die Reaktionen zeigten mir, dass ich mir mit dieser Haltung mein eigenes Grab schaufelte. Das sollte mir nur recht sein. So fiel ich durch, machte aus meinem Herzen keine Mördergrube und erzählte alles frank und frei zuhause. Die Familie kapierte.

Inzwischen hatte ich mich längst auf eine Anzeige mit einem Stellenangebot für die Ausbildung zum Verlagskaufmann bei der Badischen Zeitung gemeldet und war schnell zum Vorstellungsgespräch gebeten worden.

Diese Szene werde ich nie vergessen. Ich sollte mit dem Personalleiter, Herrn Dr. Eitel, sprechen und betrat sein Büro. Er saß in einem relativ kleinen, bescheiden und doch elegant eingerichteten

Raum, eine Tasse Tee vor sich, das Stöphchen mit der Kanne in Griffnähe.

Er fragte dies und jenes, sah sich mein Zeugnis an, plauderte.

Eine halbe Stunde später hatte ich den Lehrvertrag in der Tasche. Ich könne ihn in den nächsten Tagen erwarten, meinte Dr. Eitel. So war es dann auch. Ruckzuck war alles über die Bühne. Meine Eltern staunten, meine Geschwister ebenso, ich auch.

Freudestrahlend begann ich mein Berufsleben. Drei Jahre Ausbildung zum Verlagskaufmann, Anfangsgehalt monatlich 60 Deutsche Mark (30 Euro), ausgehändigt noch persönlich vom Chef in der Lohntüte. Bargeldlose Überweisung war noch unbekannt.

Zusammen mit dem Umzug in die neue Wohnung kam nun also auch der Einzug in die Badische Zeitung, in mein Berufsleben. Mit siebzehn Jahren. Stolz war ich, richtig stolz! Meine Eltern wohl auch. Und erleichtert.

Was bei mir so reibungslos funktionierte, gestaltete sich bei meiner Schwester einige Jahre später schwierig. Eine weiterführende Schule konnte sie bei ihrem Zeugnis nicht besuchen. Diese Möglichkeit war verbaut und wäre wohl auch nicht in ihrem Interesse gewesen.

Darüber hinaus war es in der gesellschaftlichen Meinung noch immer nicht wichtig, welchen Beruf ein Mädchen erlernte, es würde später doch heiraten, für Mann und Kinder da sein. Das war auch eine recht bequeme Lösung. Die Eltern brauchten sich keine großartigen Gedanken zu machen. Und meine Schwester war in keiner Weise ehrgeizig.

Der Einzige, der sich hinter dieses Thema klemmte, war ich. Ich machte ihr wie ihnen immer wieder die Hölle heiß. Und da die Familie dringend auf Geld angewiesen war, fing Ursula an, sich näher mit dem Gedanken der Berufstätigkeit zu befassen, ging mit Mutter zur Berufsberatung. Um es kurz zu machen: Auch sie bekam eine Lehrstelle. In einer Apotheke ganz in der Nähe. Als Apothekenhelferin.

Um den jüngsten Bruder Fritz machten wir uns Sorgen, wie er die Schule überstehen würde. Er war ein Sensibelchen, ausgelöst wohl durch eine sechsmonatige Trennung von seiner Familie gleich nach der Geburt. In seinem Nabel hatte sich ein Faden der Bauchbinde verfangen. Beim Aufbinden riss er den Bauchnabel auf. Fritz kam sofort ins Krankenhaus und hatte Glück, dass er den Blutverlust lebend überstand. Sechs Monate lag er in der Klinik.

Obwohl täglich von Mutter und meistens auch von Vater besucht, fremdelte er. Seine Bezugspersonen waren eben die Kinderschwestern, die er Tag und Nacht erlebte, die sich um ihn kümmerten.

Als er schließlich wieder nach Hause kam, dauerte es einige Zeit, bis er sich eingefunden hatte. Die Eltern machten sich große Sorgen, dass er unter Hirnkrämpfen leidet, weil er sich bei der Berührung des Rückens sofort durchbog und im Gesicht blau anlief.

Jedenfalls war und blieb Fritz ein sehr empfindsames und empfindliches Kind. Vieles schlug ihm auf den Magen, und er musste sich übergeben. Bei Angst vor Arbeiten in der Schule beispielsweise. Er fehlte deshalb auch häufig. Dennoch schaffte er schließlich ein relativ gutes Durchschnittszeugnis.

Dann kam die bange Frage auf: Was sollte er nun werden, welchen Beruf ergreifen? Er schwamm völlig, hatte unklarste Vorstellungen. Keine, um es klar zu sagen. Ein Gedanke ging mir nicht aus dem Kopf, und darüber sprach ich dann mit ihm. Er muss etwa 13 Jahre alt gewesen sein, hatte also noch ein Jahr Zeit bis zum Einstieg in einen Beruf.

Fritz war ein ausgesprochen guter Sportler und spielte hervorragend Fußball.

Also fragte ich ihn, ob er sich nicht vorstellen könne, sich in einem Sportgeschäft als Sportartikelverkäufer ausbilden zu lassen. Plötzlich erwachte sein Interesse. Und ich sah einen Hoffnungsschimmer. Das war das Schöne, Erfreuliche.

Das Belastende: Irgendwie lag bei mir die Verantwortung. Die Eltern waren mit solchen Problemen einfach überfordert. Sie blieben an mir hängen.

Nach einem Gespräch, das Fritz mit Mutter in der Berufsberatung führte und in dem er diese Sportverkäuferidee schilderte, konkretisierte sie sich. Fritz ging auf die Suche, dies dann wieder Gott sei Dank mit Mutter.

Und schließlich fand er in einem der renommiertesten Freiburger Sportgeschäfte einen solchen Ausbildungsplatz. Während ich dies tippe, fällt mir die Parallele im Verhalten zwischen ihm und seinem Vater ein: die Inaktivität. Er musste, wie Vater, unter hohem Druck von außen stehen, ehe er sich bewegte. Konkrete Hilfe musste ihm angeboten werden, ehe er „ins Laufen kam".

Dann allerdings blieb er am Ball. Das hieß auch, er wurde ein hervorragender Sportverkäufer, dem sein Fachwissen und seine Begeisterung abgenommen wurden. Er war überzeugend, der Beruf hat ihm viel Spaß gemacht.

Wegen zweier künstlicher Hüften lebt er seit einigen Jahren im vorzeitigen Ruhestand.

Ein Unglück kommt selten allein, sagt der Volksmund. Ein Glück vielleicht auch nicht. Jedenfalls machte ich diese Erfahrung.

Der Umzug in eine neue Wohnung und der Beginn meiner Lehrzeit im Verlag fielen zusammen, bildeten einen Wendepunkt in meinem Leben. Die „Kinderarbeit" war zu Ende. Jetzt stand ich voll im Berufsleben, und das mit großer Begeisterung.

Die Arbeit war interessant. Ständig lernte ich dazu. Ein abwechslungsreiches Leben, das mir Spaß machte und das ich sehr genoss. Die Last der Verantwortung im Privatleben nahm ab. Nun fühlte ich mich freier, nicht allein meinen Eltern gegenüber, sondern auch den Geschwistern. Ich hatte gewissermaßen eine Entschuldigung, denn ich war den ganzen Tag über berufstätig. Woche für Woche, Monat für Monat.

Indes: Mitverantwortung blieb für mich bestehen. Es sollte, das war mein Ziel, nicht nur für mich bergauf gehen, sondern auch für die ganze Familie. Daran lag mir viel. Die Zeichen oder Sterne standen günstig. Vater war in einer festen Anstellung gelandet, Mutter musste nicht mehr putzen gehen. Sie hätte es auch nur noch unter größter Mühe, wenn überhaupt, geschafft. Ihre Krankheiten standen ihr im Weg.

Ursula, meine Schwester – oder exakter gesagt Halbschwester – hatte ebenfalls eine Lehrstelle gefunden. Ehe sie sich mit sanftem Zwang durch mich und gutes Zureden der Berufsberatung zur Apothekenhelferin entschloss, spukte einige Zeit die Idee durch ihren Kopf, wie Tante Maria Büglerin zu werden.

Bei diesem Gedanken wurde mir ganz übel. An Maria und ihren Kolleginnen in der chemischen Reinigung und Wäscherei konnte ich sehen, was aus ihnen wurde. Niedrig bezahlt bei harter Knochenarbeit fristeten sie ein kümmerliches Dasein. Den ganzen lieben, langen Tag über mussten sie im Stehen bügeln. Bügelautomaten gab es kaum, die Bügeleisen waren schwer, die Dämpfe und Gerüche unangenehm.

Als ich Ursula die Zukunft in diesen düsteren Farben schilderte, unterstützt von Tante Maria, die auch über ihren Lohn Auskunft gab, entfernte sich meine Schwester von ihrer Idee. Große Erleichterung machte sich bei mir wie bei den Eltern breit.

Tätigkeiten wie Bügeln, Waschen, Saubermachen waren damals Schwerstarbeiten – im Privat- wie im Berufsleben. Schwere Bügeleisen, nur wenige Geräte wie beispielsweise Heißmangel oder Hemdenpressen, keine Wasch- und Spülmaschinen in privaten Haushalten. Die Wäsche wurde in der Waschküche im Keller oder einem großen Bottich auf dem Küchenherd gekocht, per Hand und mit großem Holzlöffel durchgewalkt, mehrfach klargespült und danach zum Trocknen aufgehängt.

Schon während der Zeit auf der Höheren Handelsschule hatten wir manches Fest gefeiert, wir Schulfreunde mit den ersten Freundinnen. Während der Ausbildungszeit fanden sie dann öfter statt. Wir fühlten uns erwachsener, verdienten unser eigenes Geld. Hausbälle wurden diese Festivitäten genannt. Ich richtete sie sehr gerne aus, Mutter vor allem war begeistert und zog voll mit, Vater und Bruder waren einverstanden. Das Problem war meine Schwester.

Ursula war ein in sich gekehrtes Mädchen, still, zurückhaltend, ja abweisend und zickig. Wir alle bemühten uns um sie. Es half nichts. Die Einzige mit wirklich gutem Zugang zu ihr war Mutter. Bei solchen Hausbällen wich Ursula regelmäßig aus zu ihrer Freundin und übernachtete dann auch dort.

Nach wie vor stand wenig Geld zur Verfügung. Das tat dem Vergnügen aber keinen Abbruch. Jeder brachte von zu Hause etwas Selbstgemachtes mit, die von den Jungen eingeladenen Mädchen schlossen sich dieser Lösung an, so dass sich der finanzielle Aufwand sehr in Grenzen hielt. Je nach Anlass schmückte die Gastgeberfamilie die Räume mit Girlanden, Lampions und dergleichen mehr. Eine Bowle wurde angesetzt.

Für diese gab es die unterschiedlichsten Empfehlungen und Geheimtipps für die erwünschte Wirkung. Sollte sie harmlos sein, wurde sie mit Wein und Früchten angesetzt. Wein wurde später nachgefüllt, Sekt ebenfalls. Bei großer Hitze tranken wir Waldmeisterbowle. Den Waldmeister suchten und fanden wir ohne Mühe in der freien Natur, auf Wiesen am Waldesrand. Wir trockneten ihn sogar für den Herbst. Gefährlichere Bowlen erhielten einen Schuss Cognac.

Meine Eltern waren sehr generös, damals kein übliches Verhalten. Sie blieben zur Begrüßung der Gäste eine kleine Weile dabei. Sie wollten die Jungen und Mädchen kennenlernen. Zu unserer großen Erleichterung nahmen sie sich aber immer etwas vor und verließen das Haus. Gegen Mitternacht kamen sie wieder.

Zu Beginn meiner Lehrzeit kaufte ich vom Selbstverdienten auf Raten eine Musiktruhe mit 10-Plattenwechsler, eine Sensation. Die ersten amerikanischen Sänger wie Johnny Ray, Bill Haley, Elvis Presley, Frank Sinatra oder the Patterns mit dem weltberühmten Song „Only you" waren die Hits, aber auch deutsche Sänger wie Freddy Quinn oder Peter Kraus kamen nicht zu kurz.

Bevorzugt tanzten wir „Stehblues", die Freundinnen eng an uns gepresst, uns kaum noch bewegend, mit heißen, sehnsuchtsvollen Gefühlen. Hin und wieder löschten Mutige kurz das Licht. Dann wurde mehr oder weniger wild drauflos geküsst und geknutscht. Bei aller Forschheit waren wir gleichzeitig auch schüchtern.

Ein Knüller waren Vorführungen, die wir boten. Sketche, Pantomimen beispielsweise oder selbsterdachtes Komödiantisches, Parodien auf Sänger ebenfalls.

Ich hatte drei Paraderollen.

Der Flohzirkus war eine davon: Ich spielte als Franzose mit gebrochenen Deutschkenntnissen den Zirkusdirektor, mein Freund Dieter den Assistenten. Mit einfachsten Mitteln und in Blitzesschnelle verkleideten wir uns. Ein imaginäres Seil wurde gespannt, die Zuschauer hatten Platz genommen, die Vorstellung konnte beginnen. Aus einer leeren Streichholzschachtel holten wir mit spitzen Fingern die nicht vorhandenen Flöhe heraus, setzten sie auf das dünne Seil, beobachteten mit Argusaugen, wie sie ihren Weg zum Ziel suchten, quasi unter ihnen gehend, mit ihnen sprechend, bei Absturzgefahren wie einem Salto mortale sie beruhigend, bis wir sie trotz aller Sorgfalt plötzlich aus den Augen verloren, weil sie sich auf die Zuschauer hatten fallen lassen. Nun suchten wir mit großem Vergnügen und unter dem Amüsement der Zuschauer, besonders der Mädchen, unsere Flöhe, griffen den Mädchen an den Nacken oder, kurz und sehr gewagt, an den Anfang des Blusenausschnitts, bis wir schließlich – hurra – die Flöhe wieder fanden.

Eine andere Vorführung durch mich allein hieß, wiederum in Deutsch-Französisch vorgetragen, „der Sündenfall", also die Geschichte von Adam und Eva im Paradies. Stille herrschte bei den Zuhörerinnen und Zuhörern, wenn ich mit dem Satz startete: „Es begab sich zu der Zeit, als die Schwalben noch Gamaschen trugen ...". Wunderbar variiert werden konnte, je nach Stimmung der Gäste, der direkte Sündenfall, also die Szene, als Eva Adam den Apfel anbietet, er hineinbeißt, sie kurz danach nackt sind und sich schämen. Das traf natürlich unseren Nerv, weil es das eigene Thema war.

Die dritte Variante schließlich betraf meine Gesangsparodie auf Freddy Quinn und Hans Albers mit solchen Liedern wie „Junge, komm bald wieder", „Heimweh", „Auf der Reeperbahn nachts um halb eins". Ohne jede Hemmung, mit größtem Plaisir, trug ich diese „Nummern" vor und erntete großen Beifall.

Die Hausbälle sind mir bis heute in bester Erinnerung. Sie waren eines unserer herausragenden Experimentierfelder für unsere ersten erotisch-sexuellen Geh- oder besser Tastversuche, für glückliche und unglückliche Minuten und Orientierungsmöglichkeiten.

Ein anderes Freizeitvergnügen waren unsere Radtouren. Die Mädchen waren oft dabei. Zur Kirschblüte am Kaiserstuhl sattelten wir das Rad, nahmen Proviant oder einen Picknickkorb mit und fuhren fröhlich und vergnügt durch die Landschaft, lachend und scherzend. Vor allem, wenn die Mädchen dabei waren.

Im Frühling war es die Kirsch- und Apfelblüte, im Sommer gingen die Fahrten an Seen zum Baden oder zum Kirschenklauen an den Kaiserstuhl.

Und in den Ferien ging es meistens an den Bodensee zum Zelten. Frühmorgens begann diese anstrengende Tour quer durch den Schwarzwald. Über weite Strecken mussten wir das bepackte Fahrrad schieben, da die Steigungen zu steil waren. Drei- oder gar Mehrgangschaltungen gab es damals nicht. Also wurde gestrampelt oder geschoben, schwitzend, schnaufend, stöhnend, fluchend, mit vielen Pausen zwischendurch.

Zehn Stunden waren wir in der Regel unterwegs, ehe wir den Bodensee erreichten. Gezeltet wurde bei einem Bauern auf der Wiese, unweit des Sees. Milch und Obst, auch Brot gab es direkt auf dem Bauernhof. Mit einem Spirituskocher bereiteten wir einfachste Mahlzeiten wie Ravioli aus der Dose oder Spaghetti zu. Den Salat dazu gab es wiederum vom Bauern.

Zum Schönsten für mich zählte das morgendliche Bad im See. Still ruhte er, freundlich empfing er uns. Keine Menschenseele war zu sehen. Wir krochen verschlafen aus dem Zelt, stiegen in die Badehose, rannten zum See und tauchten in das kühle, erfrischende Wasser ein.

Die Radtouren führten uns rund um den Bodensee durch kleine, wunderschöne Dörfer, in zauberhafte Landschaften.

In einem Jahr besuchten wir in Lindau Huberts Schwester. Sie arbeitete als Hausmädchen im Villenhaushalt eines Ehepaars. Im großen, parkähnlichen Garten durften wir zelten. Wir wurden sogar zum Teil verköstigt, konnten die Liegestühle nutzen und Früchte von den Obstbäumen essen.

Der Autoverkehr spielte damals eine untergeordnete Rolle. Die Touren waren nicht gefährlich.

Diese Zeit dauerte etwa vom fünfzehnten bis zum siebzehnten Lebensjahr, dem Abschluss der Höheren Handelsschule und Eintritt in das Berufsleben.

Hubert Schweitzer, ein Junge aus meiner Straße, war ein Kapitel für sich. Ein hoch interessanter Eigenbrötler. Ich war mit ihm nicht befreundet, aber wir hatten einige Berührungspunkte. Etwa die Neigung zur Natur. Öfter fuhren wir in die Rheinauen, ein wahres Naturparadies.

Jetzt, Jahrzehnte später, werden sie von Natur- und Umweltschützern als bewahrenswertes Kleinod wieder entdeckt. Für uns waren sie ein Naturerlebnis der besonderen Art. Still und fast verwunschen lagen die kleinen Seitenarme des Rheins vor uns. Die Fahrräder hatten wir längst abgestellt und streiften durch die Auen mit ihrem niedrigen, manchmal sumpfigen Wasser. Es sang und zwitscherte an allen Ecken und Enden.

Hubert kannte sich hervorragend in der Vogelwelt aus. Plötzlich zum Beispiel blieb er stehen, hielt mich am Arm fest und deutete nach vorn auf die Erde. Wir sahen einen brütenden Vogel. Hubert hatte die Eigenart, in dieser Jahreszeit besonders gern umherzustreifen und auch noch nicht angebrütete Vogeleier auszutrinken.

Eines Tages entdeckten wir plötzlich ein nacktes Pärchen auf einer Wiese am Waldesrand, das intensiv vögelte. Unglaublich spannend und aufregend! Mucksmäuschenstill blieben wir stehen und beobachteten die beiden Nackten. Irgendwann muss doch ein Ast geknackt haben. Unruhig unterbrachen sie ihr Liebesspiel, schauten sich um, entdeckten uns offensichtlich. Sie zogen sich hastig an und machten sich auf den Weg. Etwas später sahen wir sie auf dem Motorrad davonbrausen.

Hubert lud mich zu sich nach Hause ein. Er wollte mir etwas zeigen. Neugierig ging ich mit –

und kam aus dem Staunen nicht heraus. Vor einiger Zeit, erzählte er, habe er in den Rheinauen ein verletztes, junges Eichhörnchen gefunden und mit nach Hause genommen. Hier pflegte er es gesund, baute ihm eine große Voliere, mit kräftigem Astwerk versehen, die er aufrecht stehend betreten konnte. Das Eichhörnchen konnte darin herumklettern. Als es geheilt war, entließ er es wieder in die Freiheit.

Ein wirklicher Freund war Klaus Hähnle. Ich lernte ihn mit 17 über meinen Freund Dieter kennen. Sie waren seit Jahren befreundet. Klaus hatte ein schweres Schicksal. Er war an Kinderlähmung erkrankt. Damals gab es die Polioimpfung noch nicht. Monatelang lag Klaus im Krankenhaus in der Eisernen Lunge, wollte sich zwischendurch, erzählte mir Dieter, auch das Leben nehmen, wurde aber von einer Krankenschwester davon abgehalten. Mit ihr war er später einige Zeit befreundet.

Es folgte ein langer Aufenthalt in einem Sanatorium mit täglichem Training für seinen geschwächten Körper. Sämtliche Muskeln mussten wieder aufgebaut werden. Schwimmen stand jeden Tag auf dem Programm, mit Unterstützung von Fachkräften. Klar war offensichtlich von vornherein, dass sich Klaus später nur eingeschränkt würde bewegen können.

Er war äußerst willensstark und schaffte es, Bewegungsabläufe so zu verändern, dass normalerweise nur Eingeweihte seine Krankheit bemerkten. Ehe ich Klaus kennenlernte, hatte mir Dieter seine Leidensgeschichte erzählt.

Klaus kam wohl zugute, dass er vor seiner Erkrankung einer der besten südbadischen Turner mit einem voll durchtrainierten Körper war. Dadurch konnten seine Muskeln schneller regenerieren. Klaus war übrigens mit Toni, meiner ersten, unerfüllten Liebe locker befreundet. Toni war ebenfalls eine hervorragende Turnerin und in der gleichen Vereinsmannschaft.

Ich lernte Klaus kennen, nachdem er begonnen hatte, mit der Kinderlähmung im Alltag Fuß zu fassen. Sein Lebensmut war wiedergekehrt. Wir unternahmen vieles gemeinsam. Klaus hatte am Titisee im Schwarzwald ein Paddelboot liegen, mit 1,2 Quadratmeter Segelbespannung. Und er hatte einen VW, von der Krankenkasse für spezielle Umbauten bezuschusst.

Im Sommer fuhren wir öfter an den See, um zu paddeln. Im Boot saß ich regelmäßig vorn, damit ich Klaus' Beine links und rechts neben mir liegen hatte und sie massieren konnte, falls sie schmerzten oder sich ein Krampf ankündigte. Auch beim Baden in Baggerseen mussten er und ich auf einiges achten. So konnte Klaus kein Steilufer alleine hoch- oder hinunterklettern. Das machten seine Muskeln nicht mit. Er musste sich helfen lassen.

Tanzen war ebenfalls nur sehr eingeschränkt möglich. Viele andere Bewegungen und Handlungen desgleichen. All das tat unserer Freundschaft keinen Abbruch.

Der Zufall wollte es sogar, dass er in Stuttgart bei Siemens eine Lehrstelle als Kaufmann fand und ich von der Badischen Zeitung zur Werbeagentur Günther Bläse in Stuttgart wechselte. So fuhren wir noch zwei Jahre lang an Wochenenden von Stuttgart in unsere Heimatstadt Freiburg und am Montagmorgen wieder zurück. Bis ich mich beruflich erneut veränderte, dieses Mal nach Heilbronn. Dann verloren wir uns aus den Augen.

Nach Jahrzehnten begegneten wir uns erneut, als Klaus längst am Bodensee arbeitete und Karriere gemacht hatte. Er hatte sehr unruhige Zeiten hinter sich, die sich inzwischen aber gelegt hatten. Es ging ihm gut. Wir sind bis heute in lockerem Kontakt. Er ist am Bodensee ansässig geblieben.

Ein weiterer Freund begleitet mich bis heute: Klaus Hauser. Wir besuchten gemeinsam die Volksschule, später die Höhere Handelsschule. Wir ergänzten uns gut, bezogen auf Stärken und Schwächen in der Schule, speziell der Handelsschule. Ich gab Klaus quasi Nachhilfe in Französisch, Stenografie und Maschineschreiben, er mir vor allem in Mathematik.

Das muss wohl in der Familie gelegen haben. Sein Onkel war unser Mathematiklehrer, Klaus einsame Spitzenklasse, ich mittelmäßig bis schlecht. Vor jeder Arbeit „trimmte" Klaus mich. Das Ergebnis war einigermaßen zufriedenstellend. Ich pendelte zwischen „befriedigend" und „ausreichend", lernte aber intensiv nur vor Arbeiten, weil mich dieses Fach nicht im Geringsten interessierte. Manchmal erledigten wir die Hausaufgaben trotz aller Beengtheit bei uns zuhause, meistens aber bei Klaus.

Er lebte in einer ausgesprochen freundlichen Familie, hatte zwei Schwestern und zwei Brüder. Seit vier Jahren begegnen wir uns regelmäßig bei unseren Klassentreffen, die von Peter ins Leben gerufen worden sind.

Als wir uns das erste Mal in Freiburg trafen, war es gleichermaßen schön wie erschreckend. Ich hatte überhaupt nicht daran gedacht, dass Schulkameraden schon gestorben sein konnten. Aber so war es!

Ich gehe gerne in den Wald, erhole mich darin in kurzer Zeit. Er bietet mir, ähnlich wie Gartenarbeit und auch Lesen, ein hohes Maß an Entspannung.

Es ist nicht allein die Bewegung. Es ist dieses Eintauchen in die Natur. Gedanken verändern und entfernen sich, Probleme nehmen einen anderen Charakter an. Es ist, als würde sich die Bewegung des Körpers übertragen in Bewegung des Gehirns und der Seele. Eine Viertelstunde reicht aus, um mich in diese andere Welt zu versetzen.

Das Grün der Bäume, das Glitzern der Sonne durch die Zweige, das Zwitschern und Trällern der Vögel, die lebhafte Stille und je nach Jahreszeit wundervolle Gerüche von Himbeeren, Pilzen, frisch gesägtem Holz oder der Duft des Waldes nach einem warmen Sommerregen verändern meine Stimmung. Immer wieder stellt sich Staunen ein, Ehrfurcht vor Werden und Vergehen, den Wundern der Natur. Ruhe, ja Gelassenheit zieht in meiner Seele ein. Ich suche diese Einsamkeit, so sehr ich Menschen und Kommunikation mag und brauche. Der Wechsel ist entscheidend.

Ich denke, das alles begann, als ich so um die 18 Jahre alt war. Freiburg war der ideale Ausgangspunkt für Wanderungen. Wenn ich in dieser Stimmung aufbrach, meinte die Familie: „Jetzt spinnt er wieder." Aber sie ließ mir ohne Murren meinen Willen. Ein Streifzug durch Wälder ist Erbauung meiner Seele.

Mit der Bahn fuhr ich hoch in den Schwarzwald, etwas zu essen im Rucksack. Meinen Durst löschte ich an frischen Quellen, die es zuhauf im Schwarzwald gab. Bei solchen Wanderungen brauchte ich keine Wegbegleiter.

Meistens startete ich gedankenschwer. Mit einer unglücklichen Liebe im Herzen oder Fragen nach dem Sinn des Lebens. Oben in den Bergen angekommen, ging ich oft zwischen 20 und 30 Kilometer bis hinunter nach Freiburg. Abends war ich wieder zuhause. Über weite Strecken ging ich barfuß. Es war wundervoll und fühlte sich weich und elastisch an, auf Waldboden zu gehen.

Vom Frühjahr bis zum Herbst spielte sich unser Leben stark auf der Straße ab. Sie war ohnehin der

Ort der Kommunikation. Die Frauen hielten ihre Schwätzchen beim Einkaufen.

Eine Klatschbase ersten Ranges war Frau Müller. Wo immer sie ging und stand, schnappte sie Neuigkeiten auf, lauschte auch Gesprächen, an denen sie nicht beteiligt war. Sie kannte den neuesten Klatsch, trug ihn weiter. Die Frau war unglaublich neugierig.

Wir Kinder mochten sie nicht. Und Erwachsene waren in ihrer Gegenwart oft vorsichtig mit ihren Äußerungen. Das war deutlich zu spüren. Gespräche verstummten, wenn sich Frau Müller einer Gruppe näherte.

Gleichzeitig war man großenteils auf „Mundpropaganda" angewiesen. Der Klatsch bewegte sich bis in die Privatsphäre hinein.

So war vom katholischen Inhaber des Elektrofachgeschäfts Jung nicht nur bekannt, dass er großzügig Geld für seine Kirchengemeinde St. Martin spendete, sondern auch seine jeweilige Ehefrau prügelte. Zwei waren inzwischen verschieden. Ob es einen kausalen Zusammenhang gab, erschloss sich uns allerdings nicht.

Oder die beiden alten, sehr liebenswürdigen Jungfern Seliger. Den beiden Schwestern gehörte ein kleines Papier- und Schreibwarengeschäft in unserer Straße. Sie sahen aus wie zwei graue Mäuschen und waren nach meinem Empfinden schon recht betagt. Still, aber freundlich verkauften sie uns Schreibstifte, Federhalter, später auch Füller, Hefte und Schreibpapier in jeder Form, Radiergummis, Tinte, Farbstifte und so weiter. Ihre Haupteinnahmequelle war aber vermutlich das Mehrfamilienhaus, das sie geerbt hatten. Es beherbergte im Erdgeschoss ihren kleinen Laden.

Ein Original war der Fahrradhändler Müller. Im hellen, lang gezogenen Durchgang vom Hauseingang eines Mehrfamilienhauses bis zum Hinterhof hatte er seine Werkstatt eingerichtet. Allein dort werkelnd, reparierte er preiswert und freundlich Fahrräder und später Mopeds.

Seine Werkstatt war eine Augenweide. Von der Decke hingen neue und gebrauchte Fahrräder. An beiden Seiten waren in Regalen und Schubladen Ersatzteile und Werkzeug untergebracht.

Müller war immer für eine Plauderei zu haben. Er war der Sohn der Klatschbase.

In unserer Straße war eine bunte Reihe kleiner Gewerbetreibender vertreten: zwei Lebensmittelhändler, eine Bäckerei, eine Metzgerei, eine Schreiner- und Glaserei, ein Elektrofachgeschäft, eine

Buchdruckerei und der Karlsruher Hof, eine beliebte Wirtschaft mit guter, preiswerter Küche.

Ein großer Teil der Straße an der Rückseite des Stadttheaters lag zunächst in Trümmern. Nachdem sie weg geräumt waren, wurde daraus ein großer Parkplatz. Das Stadttheater selbst wurde wieder aufgebaut, ergänzt durch ein großes Kino, Kammerspiele und eine Passage.

Teile der Moltkestraße waren unbeschadet durch den Krieg gekommen. Die Industrie- und Handelskammer stand ebenfalls noch unversehrt auf einem parkähnlichen Gelände.

Die Adventszeit war der Beginn des Kirchenjahres und der Vorbereitungen der ganzen Familie auf die Weihnachtstage. Vater hatte aufgrund seiner Kriegserlebnisse dem Glauben wie der Kirche abgeschworen. Mutter war gläubig, hatte zur Kirche aber ein distanziertes Verhältnis. Meine Geschwister konnte ich nicht einordnen. Oft hatte ich den Verdacht, dass sie lediglich auf meinen Druck hin zur Kirche gingen.

Das alles veränderte sich in der Weihnachtszeit, bis hin zur Atmosphäre. Es wurde gebacken, was das Zeug hielt. Buttgebackenes, Zimtsterne, Spingerle. „Bierewecke", eine Art dunkles Gewürzbrot, das hervorragend schmeckte. Vaters Spezialität war Linzertorte.

Viel gebastelt und gewerkelt wurde in den ersten Jahren, als wir sehr wenig Geld hatten. Heimlichkeiten ohne Ende. Immer das gleiche Ritual am Heiligen Abend, begleitet von hoher Nervosität. Vater schmückte den kleinen Christbaum. Wir hatten kaum Platz und stellten ein Mini-Tännchen auf das Radio. Als Abendessen gab es Jahr für Jahr Kartoffelsalat und Würstchen.

Danach sangen wir gemeinsam Lieder vor dem Bäumchen und anschließend kam die Bescherung.

Das gemeinsame Singen hatte es in sich. Vater war derart unmusikalisch, dass seine falschen, brummigen Töne kaum zu ertragen waren. Zu Anfang hörten wir sie noch, dann verstummten sie.

Mutter sang wirklich schön. Ich auch. Der Gesang der Geschwister hielt sich in Grenzen. Ehrlich gesagt waren wir immer froh, wenn das Singen zu Ende war, obwohl es natürlich zwingend dazugehörte.

Gegen Mitternacht machten wir uns auf den Weg zur Christmette. Vater begleitete uns notgedrungen. Er nahm zwischen uns Platz, bekreuzigte sich, als sei der Teufel hinter ihm her – und war anschließend während des ganzen Gottesdienstes ruhig.

In meiner Erinnerung liegt an Weihnachten Schnee. In dunkler Nacht und feierlicher Stimmung stapften wir dann gemeinsam nach Hause.

Heute könnte ich den Beruf des Verlagskaufmannes nicht mehr ausüben. Zu vieles, ja fast alles hat sich verändert, die neuen Techniken haben die Branche revolutioniert.

Lebenslanges Lernen allerdings, seit einiger Zeit vor allem von Politikern im Munde geführt, war von Anfang an für mich eine pure Selbstverständlichkeit. Es begann während meiner Lehrzeit bei der Badischen Zeitung und hat sich bis heute fortgesetzt. Ein Baustein kam zum anderen – wie in einem Baukastensystem.

Die ersten Stationen bei der Badischen Zeitung in Freiburg waren ein Durchlauf durch sämtliche Abteilungen. Mit einer Ausnahme: der Buchhaltung.

Ich konnte und wollte nicht einsehen, weshalb sie für mich nützlich sein sollte. Grundkenntnisse hatte ich bereits in der Höheren Handelsschule erworben und dabei klar bemerkt, dass dies nie

„mein Ding" werden würde. Beide Punkte Argumente gegen eine Tätigkeit in dieser Abteilung. Und siehe da! Ich überzeugte die Vorgesetzten.

Die letzte Etappe während der Lehrzeit war die Arbeit in der sogenannten Stadtgeschäftsstelle der Zeitung. Anzeigen, von der Geburt bis zum Trauerfall, vom Verkauf unterschiedlichster Gegenstände bis zum gebrauchten Auto, wurden dort persönlich von Lesern und Nichtlesern aufgegeben.

Es herrschte reger Kundenverkehr. Ich hatte ständig mit Menschen zu tun, musste zuhören und beraten können. Das entsprach meinem Naturell. Ich war in meinem Element.

Ein hoch interessantes Arbeitsfeld kam hinzu. Die Badische Zeitung hatte quasi einen Kulturzweig eingerichtet: den Leser- und Reisedienst. Ein kluger Schachzug. Durch diesen Service, diese Form der Öffentlichkeitsarbeit (Public Relations) sollten die Leser stärker an „ihre Zeitung" gebunden werden. Der Leiter des Dienstes und gleichzeitig Leiter der Werbeabteilung war auf mich aufmerksam geworden.

Eines Tages kam die Frage, ob ich nebenher als Reiseleiter bei Kunst- und Kulturreisen der Zeitung für ihn arbeiten wolle. Die meisten führten nach

Frankreich ins benachbarte Elsass. Hin und wieder aber ging es auch nach Italien, vorzugsweise nach Nord- und Mittelitalien, in Kooperation mit dem Schweizer Migros Nahrungsmittelkonzern.

Ich wollte! Und wie! Ein Tor zur weiten Welt öffnete sich. Außerdem arbeitete der Leser- und Reisedienst mit Volkshochschulen und Kulturwerken in ganz Südbaden zusammen.

So stand ich mit einem Bein nach wie vor in der Stadtgeschäftsstelle, mit dem anderen im Leser- und Reisedienst. Erfolg auf allen Ebenen bahnte sich an. Ich bekam bereits als Lehrling mit 18 Jahren die Urlaubsvertretung kleiner Geschäftsstellen in der Provinz, wo Anzeigengeschäft und redaktionelle Arbeit in einer Hand lagen. In der des Geschäftsstellenleiters.

Hier erfüllte sich ein Traum. Ich durfte redaktionell arbeiten. Es handelte sich durchweg um kleine, bescheidene Beiträge, aber immerhin. Für ein Volontariat als Redakteur konnte ich mich seinerzeit nicht bewerben, weil die Voraussetzung dafür das Abitur war. Über diesen Umweg kam ich nun doch „zum Schreiben".

Parallel nahm die Arbeit für den Leser- und Reisedienst an Umfang zu. Ich verhandelte im Auftrag des Werbe- und PR-Leiters mit Volkshochschulen und Kulturwerken. Wir erarbeiteten in Kooperation mit ihnen Vortragsprogramme, nahmen Referenten unter Vertrag und betreuten sie auf ihren kurzen Tourneen.

Das war leichter gesagt als getan. Ohne Auto war es unmöglich. Die Referenten waren meistens eine Woche unterwegs und hielten ihre Vorträge in verschiedenen Orten des Schwarzwaldes und Markgräflerlandes. Sie übernachteten dort auch.

Ich musste als ihr persönlicher Betreuer vor Ort sein, ihre Wirkung und Attraktivität erleben, um zu entscheiden, ob sie auch im kommenden Jahr verpflichtet werden sollten. Gespräche mit den Leitern der Kulturwerke waren notwendig.

Das Fazit: Ich brauchte einen Führerschein und meldete diesen Wunsch mit entsprechender Begründung meinem Chef. Der Antrag wurde genehmigt. Die Freude war riesengroß. Die Badische Zeitung übernahm die Kosten.

Ohne einen Pfennig selbst zahlen zu müssen, kam ich so zum Führerschein. Und tuckerte schließlich mit einem VW-Käfer durch Südbaden. Neben meinem Freund Klaus war ich der Einzige, der schon den Führerschein und ein Auto zur Verfügung hatte. Nicht immer, aber immerhin!

Indes, der Leser- und Reisedienst warf keinen Ertrag ab. Die Referenten waren zu unbekannt, die Eintrittspreise zu niedrig. Nach Rücksprache mit meinem Vorgesetzten setzte ich mich an ein neues Konzept, eine neue Strategie. Bekannte, ja berühmte Referenten mussten gewonnen und die Eintrittspreise erhöht werden. Davon war ich überzeugt. Hoch attraktiv sollte er werden, dieser Dienst am Leser und Nichtleser.

Meine Vorschläge wurden akzeptiert. Ich sollte die Verantwortung für die Realisierung übernehmen. Eine außerordentlich erfolgreiche Zeit begann auf der ganzen Linie und mit hoher Anerkennung von allen Seiten.

Ich gewann herausragende, sehr bekannte Referenten wie Heinrich Harrer, Erstbesteiger der Eiger Nordwand, Freund und Lehrer des Dalai Lama, Erstdurchquerer von Papua-Neuguinea. Die Papuas lebten noch im Kannibalismus, hatten noch nie einen Weißen gesehen.

Ich verpflichtete Heinrich Harrer, als ich von seinen Plänen erfuhr. Wir sprachen auch über das Risiko, dass seine Expedition scheitern könnte. Er schaffte die Durchquerung, überlebte aber schwer verletzt. Auf seiner Vortragsreise durch den Schwarzwald suchte er die Heilquellen in Badenweiler und Bad Bellingen auf, um zu gesunden. Es glückte. Meistens begleitete ich ihn.

Eine andere Berühmtheit war der international bekannte Bergführer und Filmregisseur Luis Trenker, den ich gewinnen konnte.

Nach zwei Jahren war der Leser- und Reisedienst aus dem Defizit.

Ich fühlte mich wie ein Fisch im Wasser. Der Erfolg nahm kein Ende. Die Kunst- und Kulturreisen nach Frankreich und Italien hatten es mir angetan. Als neues Arbeitsfeld kam die Reiseleitung in Kooperation mit der Bundesbahn quer durch Deutschland dazu.

Die Lehrzeit war mit einem glänzenden Abschluss zu Ende gegangen. Ich war Verlagskaufmann, freute mich des Lebens, war anerkannt und stolz auf meine Erfolge.

Wie sollte es weitergehen? Das war für mich die Frage. Auf der Leiter weiter nach oben würde es in den nächsten Jahren nichts werden. Das war ausgeschlossen. Meine beiden Chefs waren erfolgreich und noch zu jung, um den Platz frei zu machen. Stillstand war aber nicht die Lösung für mich.

Toni, die erste Liebe, war vorbei, noch ehe sie richtig begonnen hatte. Katholische, aber auch allgemein gesellschaftliche Moral versperrte den Zugang. Es folgte Renate.

Kennengelernt hatte ich sie über ihren Bruder. Wir arbeiteten beide in derselben Abteilung der Badischen Zeitung. Herrje, verliebte ich mich. Wilde Küsse, heiße Knutschereien. Spaziergänge, Kino, Umarmungen und natürlich die Sehnsucht nach mehr.

Eines Tages war es dann soweit. Eine Silvesterfeier bei mir zuhause, ein Hausball. Renates Mutter gestattete das Bleiben über Nacht.

Das Provisorium bei uns: Meine Schwester büchste wieder einmal zu ihrer Freundin aus, dieses Mal zu meiner großen Freude. Das ganze Arrangement wurde dadurch einfacher. Mein Bruder sollte nach Ende der Feier im Wohnzimmer, normalerweise Ursulas Bleibe, schlafen, ich durfte mit Renate in unserem Jungenzimmer nächtigen.

Achtzehn, neunzehn Jahre alt muss ich gewesen sein. Die Feier war zu Ende. Wir lagen still nebeneinander im Bett. Ich war total aufgeregt und hatte fürchterliche Angst, mit Renate zu schlafen, gleichzeitig tiefe Sehnsucht danach. Angst vor allem davor, dass „etwas passieren" könnte und wir ein Kind zeugten. Eine unmögliche, erschreckende Vorstellung, das Ende beruflichen Weiterkommens, Anfang einer Ehe ohne gutes Einkommen. Entsetzlich!

Und der aufkommenden Erregung vollkommen abträglich. „Er" stand sozusagen nur halb. Das nun wiederum war auch nicht das Gelbe vom Ei. Dann gab ich mir beziehungsweise „ihm" den Todesstoß.

Ich fragte Renate, ob sie schon mit einem Jungen geschlafen hätte. Die Antwort war „ja".

Wie gelähmt war ich. Ich insistierte weiter: Wie es denn gewesen sei. Naja, war ihre Antwort, nicht besonders.

Nun war ich völlig geplättet. Ich erinnere mich bis heute genau an diese Szene. Steif wie ein Brett, nur nicht an der entscheidenden Stelle, lag ich neben Renate. Alle Luft oder besser Lust war bei mir heraus. Wir schliefen ein.

Der Morgen nach dem Erwachen war wortkarg – und leitete das Ende unserer kurzen Beziehung ein. Nicht allerdings das Ende meiner Gedanken und Gefühle. Ich spürte, dass ich mich irgendwie total daneben benommen hatte und entschuldigte mich bei Renate.

Danach kreisten die Gedanken um folgende Frage: Was verlangt eigentlich die Gesellschaft von uns? Den Jungen gibt man zu verstehen, dass sie ruhig Erfahrung sammeln sollen. Den Mädchen, dass sie auf dem Weg zum leichten Mädchen, zum Flittchen seien, wenn sie das Gleiche tun. Die Jungen sollten sich gleichzeitig als künftige Ehefrau eine Jungfrau suchen.

Ein Widerspruch in sich. Woher bitte sollten denn diese Jungfrauen kommen, wenn wir bei eben diesen Mädchen Erfahrungen sammeln sollten?

Bewegte Zeiten. In jeder Hinsicht. Auch in Sachen Erotik. Start mit Toni, danach die Episode mit Renate. Dann eine Affäre mit Margarete.

Sie arbeitete quasi als Kollegin neben mir in der Stadtgeschäftsstelle. Sie vertrat die Interessen des Reisebüros, das sich in Untermiete einquartiert hatte. Wir mochten uns. Ich war in sie nicht verliebt, fand sie aber sehr anziehend und erotisch. Sinnlich. Schon ihre Lippen.

Sie ging bereitwillig auf meine Avancen ein, ja, wurde zusehends aktiv. Eine gute Gelegenheit bot sich immer wieder, wenn ich die sogenannten Remittenten – Zeitungen, die nicht verkauft werden konnten – verschnürte und durch einen schmalen, dämmerigen Gang nach hinten in einen Lagerraum brachte. Margarete half mir dabei regelmäßig.

Lieber Himmel, konnte sie küssen, war sie aktiv. Und ausgesprochen liebenswürdig, ja liebevoll. Zupackend ebenfalls. Sie war eine Frau, kein Mädchen mehr. Reifer als ich. Sie nahm das Heft gewissermaßen in die Hand, und nicht nur das.

Oft machten wir gemeinsam Feierabend, gingen in den wunderschönen, romantischen Colombipark mitten in Freiburgs Zentrum. Einen kleinen Hang mit Weinreben gab es, verschwiegene, verwunschene Ecken mit Bänken, von Pflanzen fast zugewachsen, kaum einsehbar. Dorthin zog es uns regelmäßig. Dort näherten wir uns, atemlos vor Sehnsucht.

Bei Margarete fasste ich Mut. Sie griff zu, öffnete mir schamlos die Hose. Die gegenseitigen, genussvollen Spielereien führten bei mir wie bei ihr zu fast rauschhaften Höhepunkten. Bei und mit Margarete wurde ich zum Mann.

Später nannte man das Petting. Geschlafen hatten wir noch nicht miteinander. Ich war das Pendant zur Jungfrau. Ein Jungmann!

Margarete hatte einen festen Freund, kam aus streng katholischem Hause und störte sich an beidem nicht, um sich mit mir in wild-sanften Genüssen zu verlieren.

Langsam nahmen meine erotischen Vorstellungen noch konkretere Formen als das bereits Erlebte an. Schon zu Zeiten der Höheren Handelsschule und durch Erzählungen von Schulkameraden darüber, was sie so alles trieben, hatte ich manchmal das Gefühl, ein sogenannter Spätzünder zu sein.

Ich nahm mir nun vor, das zu ändern, und sprach mit Margarete darüber. Mein Plan war, zusammen mit ihr – sie als Reiseleiterin des Reisebüros und ich als Reiseleiter der Badischen Zeitung – eine Fahrt mit dem „Vergnügten Breisgauer" zu machen. So nannte sich dieser Sonderzug. Auf diese Art und Weise fuhren wir offiziell zusammen. Jeder konnte ein Einzelzimmer nehmen. Dann konnten wir uns zeitweise in einem Zimmer vergnügen.

Doppelzimmer für Nichtverheiratete waren damals nicht zu bekommen. Sie wurden kategorisch abgelehnt.

Ich schilderte all das Margarete, auch meinen Wunsch, mit ihr zu schlafen. Sie wusste, dass es das erste Mal für mich war – und war sofort einverstanden. Es war wie ein Traum! Total unkompliziert. Was für ein Glück hatte ich.

Aber es gab ein Problem, ein ziemliches. Ich wusste, dass ich auf keinen Fall ungeschützt mit Margarete schlafen wollte aus Angst vor einem Kind. Kondome allerdings waren sehr schwer zugänglich. Man nannte sie damals Pariser oder Präservative. Es gab sie in Automaten in Bahnhöfen. Sie waren in der Regel sehr schmuddelig. Oder in Apotheken. Ich traute mich weder in einen Bahnhof noch in eine Apotheke zu gehen.

Rat holte ich mir direkt bei Margarete. Wir hatten wirklich eine schöne, sehr offene und vertrauensvolle Beziehung. Margarete besorgte die Präservative. Mir fiel ein Stein vom Herzen.

Und so gingen wir auf Fahrt und verwirklichten unseren Plan. Besser gesagt, wir versuchten es.

Das Problem mit dem Besorgen des Kondoms war zwar gelöst, aber nicht das der Handhabung. Die Vorstellung war für mich tödlich, eine romantische Stimmung mit entsprechender Erregung plötzlich zu unterbrechen und kühl und sachlich zu handeln.

Ich ahnte, dass das schiefgehen würde. Heute würde man sagen, es war die Erfüllung einer Selbstprophezeiung. Das Unheil nahm tatsächlich in diese Richtung seinen Lauf. Mit Mühe und Not gelang mir mein erster Geschlechtsverkehr. Ich fühlte mich kreuzunglücklich.

Wieder zuhause, stellte sich bei mir Fieber ein. Ich befürchtete, wir hätten bei geplatztem Kondom ein Kind gezeugt und Margarete sei schwanger. In meinem Fieberwahn musste ich etwas erzählt haben, als Mutter im Zimmer war. Sie fragte mich danach.

Ich sagte ihr die Wahrheit, wohl auch, um mich zu erleichtern. Ihre einzige Frage war, ob ich Margarete liebte und sie mich. Nein war die Antwort. Daraufhin meinte sie, wir sollten nicht den Fehler machen, zu heiraten, und ich solle zuerst einmal mit ihr sprechen. Kein Weg führte daran vorbei.

Margarete war sich absolut sicher, dass nichts passiert sein konnte. Sie kenne sich und ihren Körper so gut, dass sie genau wisse und jeden Monat spüre, wann sie ihren Eisprung habe. Alles war wieder gut. Und ich wieder munter. Margarete trug mir nichts nach. Ich war kein Spätzünder mehr.

Die katholische Kirche setzte diesen emotionalen Turbulenzen, Irrungen und Wirrungen noch die Krone auf. Unkeuschheit war verboten und eine sogenannte Todsünde. Das fing beim Küssen und Betasten eines Körpers an und hörte beim Geschlechtsverkehr auf. Glatte, tiefgreifende Widersprüche zwischen den Regeln einer männlich dominierten, konservativ geprägten Gesellschaft und einer noch konservativeren katholischen Kirche. Damals stand zum Beispiel auch Homosexualität unter Strafe. Sie konnte ins Gefängnis führen.

Wie sollten wir uns zurecht finden? Das war kaum möglich und führte bei nicht wenigen zu einer Art innerer Zerrissenheit. Auch bei mir. Immer wieder. Bis ich mich mehr und mehr vom Keuschheits-Gebot der Kirche absetzte, auf kritische Distanz ging und mich schließlich ganz von ihr löste. Nicht aber vom Glauben.

Die monatliche Beichte, allein im Beichtstuhl mit dem Priester, war für die meisten von uns ein schwieriges Unterfangen. Nicht dass wir große Sünder gewesen wären. Aber es gab Priester, die wirklich insistierten, hartnäckig nachfragten, besonders beim sechsten Gebot Aussagen, Geständnisse aus uns herausquetschen wollten, die vermutlich eher ihrer Phantasie entsprachen als unserem Tun.

Deshalb tauschten wir uns immer wieder aus, um zu erfahren, bei welchem Priester es sich leichter beichten ließ. So mancher wird sich hin und wieder über den plötzlichen Andrang vor seinem Beichtstuhl gewundert haben.

Ich wollte ein Gespräch mit einem Priester im Beichtstuhl führen. Ein sehr gewagtes Unterfangen. Der Problempunkt war natürlich das sechste Gebot, die Unkeuschheit. So konnte ich beim besten Willen nicht einsehen, weshalb das Küssen eines Mädchens, in das ich verliebt war, eine Sünde sein sollte.

Darüber sprach ich bei der Beichte mit einem jüngeren Priester, einem Vikar. Ich könne mir nicht vorstellen, dass Jesus Christus das verurteilt, war meine Ansicht. Und ich würde es auch nicht bereuen.

Es war zur Osterzeit und Pflicht für jeden Katholiken, in der Karwoche zu beichten. Draußen standen die Menschen Schlange. Das wusste der Vikar natürlich.

Er hörte mich an. Dann meinte er, es sei sehr voll. Er würde mir jetzt die Absolution erteilen, und ich möge mich einmal bei ihm melden.

Das tat ich einige Wochen später. Es wurde eine lockere Freundschaft daraus. Trotz des Altersunterschiedes führten wir hin und wieder lange Gespräche.

Er wurde später strafversetzt. Er hatte sich erlaubt, auf einem Faschingsball seiner Gemeinde mit großer Freude zu tanzen.

Außerdem fuhr er manchmal mit seinem Sportwagen die Rennstrecke zum Schauinsland hinauf. Allein, wenn er Probleme hatte. Ebenfalls ein Störfaktor für die Kirche. Der Porsche war anstößig. Vikar Voltz kam aus reichem Hause.

Apropos Kirche! Meiner Kirchengemeinde St. Martin habe ich viel zu verdanken.

Über Jahre hinweg besuchte uns Schwester Maria mit einer kleinen Gruppe Mädchen in der Adventszeit. Es war die Phase, als die USA ihre Care-Pakete in Deutschland verteilten, damit die Hungersnot gelindert wurde. Offensichtlich gingen auch große Sendungen zur Verteilung an die Kirchen.

Schwester Maria stapfte mit ihrer Mädchengruppe zu uns in den vierten Stock. Sie sangen Weihnachtslieder und schenkten uns ein großes Paket, gefüllt vor allem mit Lebensmitteln. Alles völlig unaufdringlich. Trotzdem schämten wir uns, nahmen es aber dankbar an.

Eine andere Quelle der Freude waren die Freizeitangebote. So lernte ich Tischtennis, spielte auch regelmäßig. Alles in der Zeit, als ich die Volksschule hinter mir hatte, die Handelsschule besuchte und nicht mehr so viel arbeiten musste, um Geld zu verdienen. Endlich konnte ich mich stärker dem Lernen und damit verbundenen Hausaufgaben widmen. Die Freizeit war ebenfalls üppiger geworden.

Während der Ferien machte die Kirchengemeinde spezielle Angebote; so ein Zeltlager für Jungen am Mummelsee im Nordschwarzwald. Ein richtiges Abenteuer. Morgens wuschen wir uns am See, tagsüber gingen wir baden, wanderten und trieben Sport. Wir schmorten Kartoffeln am Lagerfeuer, sangen gemeinsam Lieder, von Fritz, unserem Gruppenführer, auf der Gitarre begleitet. Wir kochten selbst, allerdings unter der Hilfe einer Gemeindefrau.

Eine Nachtwanderung gehörte ebenfalls zum Programm. Bei tiefer Dunkelheit stapften wir durch den Wald, hörten ängstlich auf Geräusche und versuchten, sie mit lautem Geplapper und Gelächter zu übertönen bzw. sie nicht zu hören. Gruselig war es, aber wundervoll.

Auf der Fahrt mit dem Vergnügten Breisgauer – ich als Reiseleiter der Badischen Zeitung, ein erheblich älterer Herr als Reiseleiter der Deutschen Bundesbahn – fuhren wir mit unbekanntem Ziel davon. Es war eine Fahrt ins Blaue. Wir beide kannten den Bestimmungsort, die anderen Fahrgäste nicht.

Der Bundesbahn-Reiseleiter ging mit seiner Frau und seiner Tochter auf große Fahrt. Ich allein.

Ich sah die Tochter – und es funkte. Uta hieß sie. Wunderschöne grüne Augen hatte sie und dunkle Haare. Quirlig kümmerte sie sich als Assistentin ihrer dominanten Mutter und des gutmütigen Vaters um das Wohl der Reisenden.

Ich verliebte mich in Uta. Und sie sich in mich.

Eine gleichermaßen schöne wie schwierige Zeit begann. Wir sahen uns oft, unternahmen viel miteinander, gingen ins Kino und Theater.

Ich kam über meine Zeitung in den Genuss von Theater- und Konzertkarten, die von der Verlagsleitung an interessierte Mitarbeiter und vorzugsweise an Lehrlinge vergeben wurden. So rutschte ich – neben meiner Arbeit für die Kulturwerke und Volkshochschulen – in eine neue kulturelle Schiene hinein.

Es war wundervoll. Einige Aufführungen sind mir bis heute im Gedächtnis geblieben. Tannhäuser zum Beispiel. Oder Helmtrude Kraft, eine kleine, korpulente Opernsängerin als Carmen in der gleichnamigen Oper.

Der Start in die Klassik nahm seinen Anfang jedoch bei der leichteren Muse, der Operette. Meistens Romantik pur. Bei Franz Lehars Zigeunerbaron und dem Lied „Es steht ein Soldat am Wolgastrand" flossen die Tränen. Ich fand es wunderschön und sang es ständig. Ebenso andere Melodien, die mir bis heute geläufig sind.

Ständig auch pfiff ich diese Lieder. Meine Familie und die Nachbarn hörten an meinem Pfeifen, dass ich nach Hause kam. Das erzählten sie mir. Ich tauchte förmlich ein in diese für mich neue Welt der Musik. Zuhause hatte ich keinerlei Vorbilder. Ich war der Einzige.

So hörte ich regelmäßig im Rundfunk die Sendung „Hörerwünsche" mit Horst Uhse, dem Redakteur und Moderator. Er stellte diese Sendung mit klassischer Musik geschickt zusammen. Zu Anfang leichte Kost, gegen Ende die schweren Stücke. Alles gewürzt mit Hintergrundinformationen. Die Sendung war nicht nur schön, sondern auch lehrreich.

Meine Familie verstand diese Neigung nicht, tolerierte sie aber.

Fast jedes Mal, wenn Uta und ich einen Opern-
besuch hinter uns hatten und ich wieder zuhause
war, schrieb ich ihr noch einen Brief mit Gedanken
zu dem Gesehenen und Gehörten. Während der
drei Jahre bis zur Hochzeit habe ich mehr als 300
Briefe geschrieben.

Telefon gab es bei uns noch immer nicht. Wir
mussten uns sehr exakt verabreden.

Zu unseren Verabredungen fuhren wir mit
Fahrrad, Straßenbahn oder gingen zu Fuß. Eine
knappe halbe Stunde dauerte der Weg zu Uta.

Bei allen romantischen Gefühlen und der star-
ken Sehnsucht nach Sexualität hing ständig das
Damoklesschwert einer Schwangerschaft und eines
ungewollten Kindes über uns. Uta wäre von ihrer
Mutter sofort aus dem Haus gewiesen worden.
Und ich selbst verdiente noch zu wenig.

Darauf stellten wir notgedrungen unser Verhalten ein. Wir schmusten, knutschten, entdeckten uns
ein bisschen. Mehr trauten wir uns nicht. Die Angst
war ständiger Begleiter. Bis zur Hochzeit war Uta
Jungfrau.

Ihre Mutter sah unsere Verbindung nicht gerne,
meine hatte zu meiner großen Überraschung ebenfalls Bedenken.

Sie äußerte sie erst, als sie Utas Mutter kennengelernt hatte. Eine hochgradig autoritäre Frau, die ihren Mann total unter ihrer Fuchtel hatte. Sie bestimmte alles in ihrer Familie. Auch als Reisebegleiterin ihres Mannes hielt sie das Zepter in der Hand. Ein Dauerkampf zwischen mir und ihr begann.

Er endete erst, als wir verheiratet waren und Uta mit mir nach Stuttgart umgezogen war. Sie hatte dort eine Stelle als Bankkauffrau gefunden. Als ich 23 Jahre alt war, verlobten wir uns. Uta war zwei Jahre jünger. Ein Jahr später heirateten wir.

Längere Zeit vor beiden Ereignissen war mir klar geworden, dass mir die Badische Zeitung keine attraktive berufliche Zukunft mehr bieten konnte. Ich war bereits zu weit oben angekommen.

Veränderungen in meinem Sinne wären frühestens in zehn Jahren möglich gewesen. Die Leitung einer kleinen Provinzgeschäftsstelle kam für mich nicht in Frage. Das Warten auf die Pensionierung meiner beiden Chefs ebenfalls nicht. Weit und breit gab es keine Konkurrenz-Zeitung, die der Badischen das Wasser reichen konnte.

Die Zeit bei meinem ersten Arbeitgeber lief für mich ab. Die berufliche Umorientierung begann, damals sehr ungewöhnlich.

Das bestätigte ein Klassentreffen vor sechs Jahren in Freiburg. Dabei stellte sich heraus: Von 32 Schülern der Abgangsklasse der Höheren Handelsschule haben sich lediglich vier geografisch verändert. Zwei landeten sogar zeitweise im Ausland. Wir waren die Paradiesvögel im Vergleich zu den Bodenständigen.

Viele wechselten noch nicht einmal ihren ersten Arbeitgeber. Die meisten blieben in Freiburg ansässig, einige in der Region. Karriere gemacht haben etliche, so mein Schulfreund Klaus als Bankkaufmann. Abgesehen von mir sind inzwischen alle in Pension.

Ich begann mich umzusehen und kaufte die Wochenendausgaben großer Tageszeitungen mit ihren ausgedehnten Anzeigenteilen und Stellenangeboten. Mein Interesse und Augenmerk lag bei einer interessanten Aufgabe in einer PR- oder Werbeagentur oder der Industrie allgemein. Es konnte und sollte ruhig eine Herausforderung sein.

Der Gedankengang: Ich wollte mein Gesichtsfeld erweitern, dazulernen. Das Leben und Arbeiten in einem Verlag ist nur ein Teil in einem großen Mosaik.

Schließlich landete ich bei der Werbeagentur Günter Bläse in Stuttgart, einer damals in Deutschland sehr bekannten Agentur mit hervorragendem Image und großen Auftraggebern. IBM war ein Beispiel dafür.

Die Herausforderung für mich: Gemeinsam mit dem Kontaktdirektor sollte ich eine neu zu schaffende Kontaktabteilung aufbauen.

Zum zweiten Mal erlebte ich diesen für mich hohen Reiz. Etwas bewegen, etwas Neues schaffen, nicht in eingetretenen Pfaden mit viel Routine weitermachen. Das erste Mal bei der Reorganisation des Leser- und Reisedienstes.

Dieser rote Faden sollte mich mein ganzes Leben lang begleiten. Es ging zu neuen Ufern.

Kindheit, Jugend und Freiburg gehörten nun der Vergangenheit an.

Über tredition

Der tredition Verlag wurde 2006 in Hamburg gegründet. Seitdem hat tredition Hunderte von Büchern veröffentlicht. Autoren können in wenigen leichten Schritten print-Books, e-Books und audio-Books publizieren. Der Verlag hat das Ziel, die beste und fairste Veröffentlichungsmöglichkeit für Autoren zu bieten.

tredition wurde mit der Erkenntnis gegründet, dass nur etwa jedes 200. bei Verlagen eingereichte Manuskript veröffentlicht wird. Dabei hat jedes Buch seinen Markt, also seine Leser. tredition sorgt dafür, dass für jedes Buch die Leserschaft auch erreicht wird.

Autoren können das einzigartige Literatur-Netzwerk von tredition nutzen. Hier bieten zahlreiche Literatur-Partner (das sind Lektoren, Übersetzer, Hörbuchsprecher und Illustratoren) ihre Dienstleistung an, um Manuskripte zu verbessern oder die Vielfalt zu erhöhen. Autoren vereinbaren unabhängig von tredition mit Literatur-Partnern die Konditionen ihrer Zusammenarbeit und können gemeinsam am Erfolg des Buches partizipieren.

Das gesamte Verlagsprogramm von tredition ist bei allen stationären Buchhandlungen und Online-Buchhändlern wie z. B. Amazon erhältlich. e-Books stehen bei den führenden Online-Portalen (z. B. iBookstore von Apple) zum Verkauf.

Seit 2009 bietet tredition sein Verlagskonzept auch als sogenanntes "White-Label" an. Das bedeutet, dass andere Personen oder Institutionen risikofrei und unkompliziert selbst zum Herausgeber von Büchern und Buchreihen unter eigener Marke werden können.

Mittlerweile zählen zahlreiche renommierte Unternehmen, Zeitschriften-, Zeitungs- und Buchverlage, Universitäten, Forschungseinrichtungen, Unternehmensberatungen zu den Kunden von tredition. Unter www.tredition-corporate.de bietet tredition vielfältige weitere Verlagsleistungen speziell für Geschäftskunden an.

tredition wurde mit mehreren Innovationspreisen ausgezeichnet, u. a. Webfuture Award und Innovationspreis der Buch-Digitale.

tredition ist Mitglied im Börsenverein des Deutschen Buchhandels.

Zeitfracht Medien GmbH
Ferdinand-Jühlke-Straße 7
99095 Erfurt, Deutschland
produktsicherheit@kolibri360.de